W0095012

Cupitora
Exklusiv für unsere Leser

Lektionen in der Tanzakademie

Nur die Übung macht die wollüstige Meisterin

Eine pikante Geschichte nach einem privaten Manuskript von 1930,
versehen mit 15 schamlosen Zeichnungen

Cupitora

ISBN 978-3-95841-701-4
© by Cupitora in der BEBUG mbH, Berlin

Die Bedienung im Schleckercafé

Ein erotisches Husarenstückchen

Sie war die Schwägerin des Inhabers von der kleinen Konditorei in der ländlichen Sommerfrische und bediente die Gäste in dem niedlichen, gemütlichen Café, das sich großer Beliebtheit erfreute, während ihre Schwester dem Laden vorstand, der eine sogenannte Goldgrube war.

Beide waren als die Schwestern nicht zu verkennen. Nur die Bedienung war die hübschere. Sie machte sich fesch auf. Schürzte kurz das Röckchen, manche Gäste behaupteten zu kurz, sodass man bequem noch ihr in die festen Kniekehlen schaute, ja den herzhaften Ansatz zum Dickbein sehen konnte. Nun gar, wenn sie sich ein wenig beugte, meinetwegen die Zeche auf einem Notizzettel an einem der Marmortische aufrechnete, dann trat der Dickschenkel als solcher schon ganz beträchtlich in Erscheinung. Ein Sinnenreiz für die Männer, der umso stärker war, als sie zumeist mit nackten Beinen bediente, nackt die Füßchen in eleganten, graziösen Schühchen. Bestimmt wusste sie, dass sie gute Beine hatte, füllig rund und hoch, ja das, was man schon ein kräftiges schönes Bein nannte mit versprechenden Ausmaßen oben unter dem Röckchen. Die Männer schlossen da auf anständige Keulen, die eine Lust sein mussten bei dem Geschlechtsverkehr mit ihr. Flankierende Fleischberge geballter Wucht waren beim Ficken immer bevorzugt. Und der Hauptteil der männlichen Gäste betrachtete das Mädel darauf hin im stillen, was es sehr wohl eitel auch fühlte. Auch er sah sie so an, von dem ich hier erzählen will. Er war sozusagen Stammgast in dem kleinen Schleckercafé und war in demselben nahen Städtchen zu Hause wie die saubere, gefällige Bedienung, die er so gut kannte vom Sehen und vom Namen. Sie war eine junge verheiratete Frau einfachen Standes und verdiente sich bei der Schwester zur Fremdensaison gern ein paar Groschen zum Einkommen ihres Mannes hinzu. Und dann war die Bedienung abwechslungsreich für sie. Manchen Scherz, manchen Blick steckte sie ein, vielleicht manche versteckte Zärtlichkeit und Schmeichelei seitens der Herren, die ihr nicht unsympathisch waren, wenn freilich auch, nicht zu verwundern, den gelegentlichen stillen Neid mancher Frau darob.

Der Künstler von Beruf, eben der Stammgast, fand Frau Vöschen, so hieß sie in der Tat, wenn sie sich zumeist auch und gern mit Fräulein von den Gästen anreden ließ, unabhängig von dem Ehering, auf den keiner achtete, so lecker wie das Gebäck, das es hier gab. So rund und geschmeidig wie ihre Beine, so biegsam und schmiegsam war ihre ganze Gestalt, der runde Arsch unterm dünnen Fähnchen, das nicht selten die Kerbe sinnlich abzeichnete, die runden Hüften, der schlanke schmale Oberkörper mit den gut gezeichneten Brüsten, ganz herrlich von Profil. Eine noble Blässe kennzeichnete ihr hübsches kleines, rundes Gesicht mit den milden, ja weichen Zügen, blutrotem kleinen Mund und großen braunen Augen zum gleichen Haar. Tiefer Ausschnitt ließ hell die Brust aufschimmern. Die Arme meist ärmellos, rund und voll, dass man die Haare in der Achselhöhle wahrnehmen konnte und im Ärmelausschnitt, wer gut Obacht gab, wenn sie am Tisch bediente, das nackte weiße Fleisch der Titten und Umgebung. Sie kleidete sich sehr lose und leicht, um nicht leichtsinnig zu sagen. Ein nachgiebiges, weiches Geschöpf voll Lieblichkeit und sinnlichen Anreizes, das dem Einfluss sehr schnell erlag. Frau Vöschen hätte sich gut zum Animiermädel in den Damenkneipen der Vorkriegszeit geeignet. Sie war ein Weib für Genießer, von kindlicher Einfalt etwas behaftet. Und konnte man mit ihr auch nicht in ein separates Weinzimmer von anno dazumal treten, um sie zum Rebentrunk hinter abgeschlossener Tür in einem einladenden Milieu zu vögeln für ein anständiges Trinkgeld, so ging des Künstlers Wunsch heute doch auf dasselbe hinaus, als er es traf, nach zu Ende gegangener Saison an einem schönen warmen Herbsttag der einzige Gast im Augenblick zu sein. Im Laden dagegen ging es munter auf und zu, sodass der Bedienung Schwester vollauf beschäftigt war.

»Frau Vöschen, was machen wir noch, wie geht's?«, fragte er sie an dem eingenommenen Tisch am hintersten Fenster. Die gegeneinanderstehenden Rücklehnen der kleinen Sofas bildeten hier kleine Nischen zu einer ganzen Flucht, von wo aus man die Eingangstür gut im Auge hatte. Er drückte ihr lange die Hand und sah ihr mit heißem Verlangen in die großen sanften

Augen, dass ein weiches Lächeln um ihren eigentlich zu kleinen und darum doppelt auffälligen sinnlichen Mund spielte.

»Ach danke, eine ganze Weile nicht probiert!!! Sie waren jetzt lang nicht da!«, scherzte sie frei und freute sich, ihn zu sehen.

»Immer zu voll bei Ihnen, Vöschen! Wenn ich komme, komme ich doch in erste Linie Ihnen zuliebe, das wissen Sie.« Er rückte bis an das äußerste Ende des kleinen Sofas und legte ihr seine warme, glatte Hand flach und schmiegsam mit dem ganzen Handteller recht genießerisch an die volle nackte schöne Wade und schob sie langsam hoch über die Kniekehle zur halben Schenkelhöhe unterm Röckchen. Ein feines Vibrieren bemerkte er an ihren zarten Nasenflügeln, wie dünne Blütenblätter im Sommerwind.

»Dazu gab es freilich keine Gelegenheit, Herr Tommsen!«, erwiderte sie mit hingebendem Lächeln, worauf er seine Hand mehr zwischen ihre Schenkel und noch ein klein wenig höher gleiten ließ. Da erst klemmte sie die Beine zusammen, um ein weiteres Vordringen vorderhand zu verhindern. »Aber auch heute war noch vor einer Viertelstunde ganz schön Betrieb bei mir. Sie haben Glück, wenn ich Sie einmal ganz individuell bedienen darf! Was wünschen Sie denn?«

»Dann setzen Sie bitte erst einmal meiner zärtlichen Hand keinerlei Schranken, mein Vöschen. Ich meine es gewiss sehr gut und anständig mit Ihnen!«

»Ich will nicht so sein«, kicherte sie, setzte die Beine auseinander und ließ sich derb im Schoß packen und auf seine Knie ziehen, wo er sie, aber auch sie ihn tüchtig und lang abknutschte zum anregenden Spiel seiner Finger unter ihrem Höschensteg.

»Schade, dass ihr kein Weinzimmer hier habt, das man absperren könnte. Da würden wir eine Flasche zusammen trinken ...!«

»Wie in den netten kleinen Buffs einmal?!«, erinnerte sie sich vom Hörensagen voll unschuldiger Einfalt.

Er nickte unverblümt. »Ich würde Ihnen meinen Aal ganz gern einmal hineinstecken!«, begehrte er in leidenschaftlichstem Ernst und sah sie frei und wild dazu an.

»O sind Sie ein lüsterner Mann und Draufgänger!«, sprang sie lachend auf, aber das Lachen war Deckmantel nur für jäh Aufgewirbeltes in ihr. Es musste sein, dass sie gerade außerordentlich scharf war. Und da sagte sie auch schon: »Bestellen Sie erst einmal, Herr Tommsen, damit es nicht auffällig wird!«

»Und ich meinte den Augenblick zu nutzen mit seiner Gelegenheit. – Also, w i r trinken, S i e und ich: Zwei Kännchen Bohnenkaffee und je zwei Stückchen Sahnetorte dazu. Essen Sie die gern?«

»Und wie!«, leckte sie sich im Vorgeschmack das Schnäbelchen. Darauf verschwand sie in dem Laden nach der Torte. Als sie zurückkam und die beiden Teller auf den Tisch setzte, erstarrte sie fast. Saß der Mann da mit gezücktem kerzengerade hochstehendem mächtigem Schwanz, Eiersack und Schamhaar und den halben Leib dazu noch freigelegt.

»Bitte, Vöschen, ehe jemand kommt!«, lud er sie ein.

»Verrückt nur einmal!«, entfuhr es ihr verwirrt.
»Ich ziehe nur schnell mein Höschen aus!«, aber dann
verführt unwiderstehlich. »Über dem Kaffee können
zehn Minuten vergehen.« Ging und kam gleich wieder und stieg, während der Liebestolle ihr das leichte
Fähnchen hoch bis zu den Brüsten lüftete, eine Halb-
nackte in dem öffentlichen Lokal mit weit ausholen-
dem Satz des kräftigen Schenkels über seinen Schoß,
den Rücken ihm zugewandt, den Blick nach der Tür,
und führte mit eigenen Händen das stählerne Glied an
ihre klaffende und längst gefeuchtete Scheide, während seine Fäuste an ihren nackten runden Hüften in
derbem lüsternen Griff ihren füllligen, schönen geschmeidigen Körper geschickt auf der Stange dirigier-
ten, hoben und senkten zu ihrem wippenden Spiel im
Kniegelenk, auf und ab, langsam erst, bis sich der dicke, lange Kolben allmählich in den engen Zylinder der
willigen Votze fand und bald regelrecht darin spielte
und das Tempo beschleunigte.

»Wenn bloß keiner kommt, Tommsen! Passen Sie
gut mit auf! Nicht auszudenken die Schande!«, klang
trunken im steigenden Genuss und abgehackt, ängst-
lich die Stimme der hübschen molligen Bedienung,
deren voller, feister nackter Arsch dem Manne warm
und glatt am weitgeöffneten Schoß und Leib in zusätz-
licher Sinnenfreude spielte.

»So wollte ich's einmal, Vöschen!«, keuchte des
Gastes Stimme und spiegelte die ganze Seligkeit des
gewagten Fickes. »Viel bei den Animiermädchen früher verkehrt, schienst du mir die begehrenswerteste!
Aber Husarenstückchen dies bei unverschlossener

Tür! Doppelter Reiz – spürst du's, Weib, geiles Weib? Dein Leib lockte zum Sündigen immer schon – der kurze Rock, das nackte Fleisch der Glieder – Herrgott, Mädel, wie viel hundertmal vögelte ich dich schon in der Sehnsucht, nun es dieses eine Mal w a h r ist!«

»Schön, du, süß!«, lallte sie auf seine verzückte stotternde, stockende Huldigung. »Mancher wurde frech und griff mir unter den Rock. Manchmal duldete ich's, manchmal verbat ich's mir, du schießt den Vogel ab! – – Tommsen, fickst du …!!!! – Wenn jeder soooo-oo fickte …!«

»Ha, Mädel, dann täglich ficktest! Siehst du, nun doch das Animiercafé!« Er schob seine Hände an ihrem nackten Körper hoch und kriegte auf einmal ihre Brüste zu fassen und knetete sie, knetete, knetete wild zu den beschleunigten und immer kräftigeren Stößen in den schönen begehrlichen Leib.

»Zerreiß mir das Kleid nicht, du!« Sie keuchte und stöhnte, stöhnte und keuchte verhalten, immer tiefer, immer seliger.

Draußen eilten die Leute an den großen Aussichts-fenstern auf und nieder. Scheibengardinen deckten beide vor neugierigen Blicken, wenn die Stirnen, die Augen auch darüber hinwegragten, sodass sich manch-mal die Blicke begegneten mit den ahnungslosen Pas-santen. Hätten sie es gewusst, dass diese verschleierten Augen einem vögelnden Paar da drinnen gehörten …!

»Tommsen, mir – – Tommsen, mir – – mir kommt's …!«, stieß es fauchend in Wonne und Seligkeit von den Lippen des kleinen Puppenmundes der Kellnerin in demselben Augenblick, da es ihren schönen fleischigen, geschmeidigen Körper auch schon schüttelte, hochwarf wie in galoppierendem Sattel und dann schwer zusammensacken ließ auf dem Schwanze ihres Stammgastes und Begehrers individueller Behandlung.

Ein paar gewaltige Stöße noch von diesem in ihren triefenden Leib vom eigenen Saft, da schnellten auch hier die Fontänen kraftvoll und flutreich, dass sie sie meinte am Herzen zu verspüren. Und da wandte sie sich dem geliebten Mann seit dieser Stunde zu, ihn zu knutschen und zu danken, zu danken und zu knutschen für das einmalige Erlebnis seit sie bediente. Und kühn und tolldreist geworden über dem gelungenen Experiment, ohne gestört zu werden, kosteten sie die Nachfeier kühn aus und blieben aufeinander hocken und ineinander stecken, bis das Klingelzeichen den fertigen Kaffee meldete. Da erst stieg die aufmerksame, flotte Bedienung mit untergehaltenem Taschentuch, noch einmal eine Splitternackte bis über den Nabel im rundgewölbten Bäuchlein, mit hohem Satz und graziös geschwungenem Bein vom Schoß ihres Vorzugsgastes wie aus dem Sattel eines feurigen Hengstes nach einem Meisterritt und lief und brachte wenig später auf silbernen Tabletts den bestellten stärkenden Trunk mit Sahne und Zucker.

»Zwei Kännchen Kaffee, bitte sehr, mein Herr! und einen Moment entschuldigen Sie mich noch.«

Gereinigt und erfrischt, das Haar überkämmt, erschien sie wieder und setzte sich neben den Mann mit gelüftetem Röckchen, die starken Schenkel halb nackt vor seinen Augen, wenn er den Blick senkte. »Aber bitte nicht schlecht von mir denken, Herr Tommsen«,

schmeichelte sie unschuldig mit langem, tiefem, nach-
feierndem Blick, »ich gebe mich Ihnen auch einmal
wieder. Sie haben so eine Art und Ihre Kühnheit und
dass ein guter Stern über uns stand und uns keiner
störte und überhaupt was für einen Dicken und Langen Sie haben, als hätte ich so etwas noch nie gekostet!
Behalten Sie Ihr Animiermädchen lieb.« Sie gab ihm
ein Küsschen zum herzhaften Trunk und sah gar nicht
mehr nach der Tür.

»Wir Künstler brauchen einmal so etwas Saftiges,
mein Vöschen, das vom Alltäglichen abweicht. Ich
muss sagen, dass es eine ganze Erfüllung mit Ihnen
war. Sie haben eine Geschmeidigkeit wie ein schnur-
rendes, anschmiegsames Kätzchen mit seidenweichem
Fell.« Seine Hand befühlte sie von neuem. »Wie Samt
ist Ihre Haut.«

Glücklich lächelte sie. Er schenkte ihr ein, sie ihm
und naschten einander manchmal den Löffelbissen
vom Munde weg, neckend im Übermut.

»Wir Frauen haben unsere Träume!«, verriet sie
zärtlich und anlehnend. »Wenn man so bedient und
sehnen uns nach etwas ganz Ausfallendem einmal.
Aber keiner hatte den Mut wie Sie. Das imponiert mir,
wissen Sie!«

»Sie kriegen natürlich Ihr Trinkgeld dafür!« Und
schob ihr fünf Mark in den Busen. Als sie sich dagegen
wehrte, sagte er: »Wenn Sie schon einmal Animiermädchen spielten, dann auch bis zum letzten.«

»Na, meinetwegen!«, war sie keine Spielverderbe-
rin. »Dafür ließ ich es mir noch einmal machen!«

Aber da trat ein Gast in den Raum.

»Dann das nächste Mal!«, vertröstete er sie. »Oder wo wohnen Sie gleich?!«

Sie schrieb ihm ihre Adresse auf. Zweckmäßig die Sprechzeit dazu: Von sieben Uhr bis zwölf mittags allein. Nachmittags bis auf weiteres noch regelmäßig im Schleckercafé!

Nun konnte er's machen, wie er wollte ...!

Lektionen in der Tanzakademie

IN DEN SCHLAFRÄUMEN

Als Logis dienten uns fast hundert Tänzerinnen zehn
Schlafräume mit je ungefähr zwanzig in zwei Reihen
aufgestellten Betten, von denen circa zwölf von den
Pensionären und außerdem eins, welches in der Mitte
stand, von einer Aufseherin besetzt waren.

Vier von Porzellankugeln umhüllte Gasflammen er-
leuchteten den Schlafraum und gestatteten so der Aufseherin alles, was dort vor sich ging, zu überwachen.
Unsere Toilette machten wir gemeinsam. Man geleite-
te uns dazu alle Morgen in einen an das Schlafzimmer
stoßenden Badesaal und dort nahmen zwei und zwei
unter der Aufsicht der Wärterin ein gemeinsames Bad,
wobei sie sich gegenseitig abwuschen.

Die Direktrice und der Ballettmeister ließen nicht
einen Tag vergehen, ohne uns zu inspizieren, sogar der
Intendant fand sich öfters dazu ein. Dabei ging es nie
ohne einige Schläge auf den nassen Hintern oder auf
die Schenkel ab. Das brannte, als ob Ameisen unter der
Haut bissen.

Der Herr Intendant geruhte sich der angenehmen
Nacht zu erinnern, die er seinerzeit mit mir verbracht

hatte. Es waren drei Wochen seit der Zeit vergangen, da er mich zum ersten Mal im Korrektionshause auf meine Brauchbarkeit geprüft hatte. Nun musste ich mich, wie alle, die man inspizierte, in der Badewanne aufrecht stellen, sodass der Körper nur bis zu den Knien im Wasser stand.

Da gab er mir einige leichte Schläge auf den Hintern und fasste dann mit der Faust in meine Perücke, die er tüchtig schüttelte. Dabei riss er mir nacheinander fünf oder sechs Haare aus, die er nun bei Tage genau besah. Vorher hatte er sie nur bei Kerzenlicht in der Nacht gesehen.

»Nach dem Bade werdet ihr mir dieses Mädchen in mein Zimmer bringen«, sagte er zu der Wärterin. »Gebt ihr einen Flanellmantel um, damit sie sich unterwegs nicht erkältet, weiter ist nichts nötig.«

Direktrice wie Ballettmeister fragten sich verwundert nach der Ursache dieser hohen Gunst des Intendanten für eine Neuangekommene. Es ist wahr, sie ist jung und sogar hübsch, auch schon recht rund, doch ist ihr Vlies, obgleich es für die Zukunft viel verspricht, noch weit entfernt von seiner vollen Blüte. Wenn sie noch ihre Jungfernschaft hätte. Aber sie ist weder auf der einen noch auf der anderen Seite Jungfer mehr.

Ich wusste dagegen wohl, warum er mich auf sein Zimmer kommen ließ. Die Wärterin brachte mich bis in das Vorzimmer des Intendanten, wo sie mich verließ nachdem sie mich instruiert hatte, eine Portiere, die sich vor mir befand, aufzuheben. Ich fand den Herrn des Lokals ganz in einem breitem Fauteuil ohne Seitenlehnen.

»Zieh deinen Mantel aus, mein Kind«, sagte er zu mir, »und stelle dich dann zwischen meinen Beinen, ja so, nun beuge dich vor, damit ich deinen Hintern ein wenig bearbeiten kann. Ich will einmal sehen, wie du meine Hiebe auf den Arsch aushältst.«

Mein Vötzchen lag dabei fest an seinen Schwanz, der auf dem linken Schenkel ruhte. Mein Popo, der in meiner vorgebeugten Stellung weit hinausragte, bot seine Rundungen so am besten der Hand des Flagellanten dar. Während zwei Minuten klatschte er mich ganz kräftig, bei jedem Schlage flog mein Arsch vorwärts und mein Vötzchen rieb sich dann an seinem Gliede, das bei jedem Druck gegen den Schenkel mehr anschwoll.

Plötzlich hielt er an, da er fürchtete, dass das gewünschte Ereignis vor der Zeit einträte. Er ließ mich dann auf den Teppich knien, und trotz der lebhaften Schmerzen, die mir den Hintern zerrissen, umspielte ein irres, wollüstiges Lächeln meine Lippen.

Ich fühlte, wie er die Angriffsstellung hinter mir einnahm und dann mit beiden Händen meine Brüste packte. Er glaubte, einen Vorsprung vor mir zu haben, doch kam ich ihm zuvor, beim dritten Stoß ergoss sich schon meine Quelle.

Da er nichts vor der wollüstigen Bewegung meines Popos verlieren wollte, hielt er einen Augenblick inne, um dann sein hin und her wieder aufzunehmen, wonach der Erfolg weder bei dem einen noch bei der anderen lange auf sich warten ließ.

Einen Augenblick ruhte mein Herr auf meinen glühenden Hinterbacken aus, dann fing er die Arbeit nach

kurzer Erholungspause von neuem an. Ich genoss un-
aufhörlich während der ganzen Zeit. Dieser verlängerte
Kampf war auf mich vom glücklichsten Einfluss. Mein
Kitzler hörte, sobald die Reise begann, nicht mehr auf,
Tränen zu vergießen, bis der Reisende am Endziel sei-
ner Fahrt angelangt war.

Nach der nötig gewordenen Abwaschung war er im
Begriff, mich fortzuschicken, als ihm plötzlich ein neu-
er Gedanke kam. Er läutete und sofort erschien eine
Wärterin.

»Hole Martha her, sie soll jetzt die Prügel erhalten,
die ich ihr heute Morgen im Bade versprochen habe.«

Ein großes Mädchen von dreiundzwanzig Jahren,
blond wie reifes Getreide und schön gewachsen trat
ein. Sie trug einen Mantel, welchen sie ohne den Befehl dazu erwarten, sofort ablegte. Darunter war sie
vollständig nackt.

Auf ein Zeichen des Intendanten kniete sie sich vor
ihn hin, dass ihr Busen quer über seinen Schenkeln
und auf seinem Gliede lag. Sie hatte einen wundervollen außerordentlich zarten Hintern und eine äußerst
feine Haut.

Unser Herr zeigte mir eine Klopfpeitsche mit Lederriemen und befahl mir, Martha damit vierzig Schläge zu verabfolgen. »Schonst du sie dabei«, fuhr er fort,
»so lass ich dich von Martha peitschen und diese wird
sicher nicht unterlassen, sich zu rächen und dir den
Arsch zu zerfetzen.«

Er hatte nicht nötig, mich zur Strenge zu ermahnen.
Ich weiß nicht, welch Dämon mich trieb, zweifellos
derjenige der Wollust – aber ich peitschte diesen schö-

nen Popo mit beispielloser Kraft und einem Vergnügen ohnegleichen. Das Hüpfen der Hinterbacken, das erste, welches ich veranlasste, brachte mich so in Glut, dass ich ohne zu zählen wild drauflos drosch und die Wucht der Hiebe mit jedem Schlage verstärkte.

Der Intendant ahnte, welch Feuer in mir glühte, als er mir endlich beim fünfzigsten Schlage aufzuhören befahl. Marthas Hintern war scharlachrot, trotzdem man der Feinheit ihrer Haut wegen nur eine Peitsche mit weichen Lederriemen bei ihr anwandte.

Der Intendant brauchte es nicht zu bedauern, dass er meinen Arm aufgehalten hatte. Sobald er in mein Liebesnest eingedrungen war, fühlte er, wie mein ganzer Körper unter seinem Bauche sich wand und zuckte, und da dies nicht aufhörte, blieb er unbeweglich, bis sein Liebessaft ihm ganz von selbst entspritzte.

Vierzehn Tage hindurch ließ er mich von Zeit zu Zeit nach dem Bade in sein Zimmer kommen, wo er mich nach einigen kräftigen Schlägen ein- bis zweimal vögelte. Darauf bestellte er ein anderes Mädchen, welches ich auf seinem Schoße durchpeitschen musste. Stets regte das Zucken der Hinterbacken, die ich fitzte, mich in gleichem Maße auf, und so blieb es nicht aus, dass auch das Spiel meiner Hinterbacken und Scheide begann, sobald er seinen Dolch hineingeschoben hatte. Dann führte ich die ganze Arbeit zu Ende, und er genoss, auf meinem sich wiegenden Hintern ruhend.

Als er von mir genug hatte, überließ er mich den Lüsten der andern Wüstlinge. Der Ballettmeister hatte, sobald er wusste, dass ich die Favoritin des Intendanten war, aufgehört, mich mit seinen schmerzhaften Liebkosungen zu verfolgen. Bei den Übungen am Nachmittag trug Martha ein Trikot.

Sie betrachtete mich mit Augen, welche Blitze schossen, als ob sie mich damit durchbohren wollte. Allein sie wusste, dass ich in diesem Augenblick die Favoritin des allmächtigen Intendanten war, und so hütete sie sich weislich, mir ihre Gesinnung anders als mit Blicken zu zeigen. In der folgenden Nacht wohnte ich der schweren Bestrafung eines Hintern bei, den ich zwar gut kannte, da ich ihn alle Tage gesehen hatte, dem jedoch bis jetzt noch niemals ein solcher Affront angetan worden war.

Zwei Koryphäen hatten sich in die Betten zweier junger Tänzerinnen geschlichen. Die Aufseherin, eine gutmütige Frau von dreißig Jahren, tat so, als ob sie nichts bemerkte. Da traten plötzlich bei einer Runde, die selten genug war, denn sie war die erste seit meinem Eintritt in das Institut, der Ballettmeister und die Direktrice in unsern Schlafraum. Es war um Mitternacht, die beiden Paare versteckten sich unter der Bettdecke.

»Ja, ja, nun wollt ihr euch verstecken, aber ihr sollt eure Schweinereien schon teuer bezahlen. Und du, Marie, weißt, was deinen Hintern erwartet, weil du zu solcher Schweinerei die Augen geschlossen hast.«

Bei dieser zornigen Anrede waren alle Schläferinnen erwacht. Die Aufseherin betrachtete die Schuldigen mit so erschreckten Blick, als ob deren intime Beziehungen ihr ganz neu wären, obgleich sie sie ebenso gut kannte wie alle andern.

Ich konnte beim besten Willen nicht einsehen, warum man einer solchen Kleinigkeit wegen eine Katze prügelte, viel weniger noch eine Ratte. Die beiden Paare mussten aufstehen, dann gab die Direktrice jeder der Kleinen eine Klopfpeitsche mit zwanzig Lederriemen in die Hände. Die großen Mädchen, welche wussten, was ihnen am Hintern hing, nämlich das die beiden Paare sich gegenseitig durchprügeln mussten, legten sich über das Bett. Dann warf die Direktrice der einen das Hemd über die Lenden, während der Ballettmeister dieselbe Arbeit bei der anderen vornahm.

»Ihr wisst es«, sagte er zu den Kleinen, »fünfundzwanzig ordentliche Hiebe, und handelt dabei nicht, sonst gerbe ich euch an deren Stelle das Fell.«

Die jungen Tänzerinnen schwangen die Peitsche und ließen sie zusammen auf die Hinterteile ihrer großen Freundinnen fallen, während der Ballettmeister die Schläge zählte. Nach dieser frischen Flagellation waren die Hinterbacken der Tänzerinnen von schönem, lebhaftem Rot. Doch hatten diese keinen Laut von sich gegeben, wahrscheinlich aus Scham schon wegen einer so leichten Strafe zu schreien. Darauf entnahmen der Ballettmeister und die Direktrice den Händen der jugendlichen Flagellantinnen die Klopfpeitschen, um damit die Hiebe bis auf fünfzig zu vervollständigen. Denn diese Anzahl gebührte so dicken Hinterteilen für die Verführung ihrer jungen Genossen.

Die Lederriemen, welche ihre Reise auf einer schon begangenen Route unternahmen, schnitten tief in das Fleisch ein und überzogen es bis zur Mitte der Schenkel mit dunklem Rot, während die Gepeitschten bei dieser verstärkten Auflage laut heulten. Als ihre Züchtigung beendet war, gab die Direktrice ihnen eine Klopfpeitsche mit zwölf Stricken. Sie mussten dann ihre Hemdchen ausziehen, sodass sie ganz nackt dastanden, und dann schlugen sie mit voller Armkraft auf die rundlichen Popos ihrer jugendlichen Freundinnen los, sich an diesen für den Brand in ihren Hinterteilen rächend. Hier hörte man vom ersten bis zum zwanzigsten Schlag Geheul und Zähneknirschen.

Danach kam die Aufseherin an die Reihe, welche sechzig Geißelhiebe erhalten sollte, fünf von jeder Sünderin, damit sie diese besser überwache, den Rest von den Herrschaften. Sie musste sich mitten im Schlafraum zur Züchtigung aufstellen, damit alle Tänzerinnen, die unter ihrer Aufsicht standen, Zeugen ihrer Bestrafung sein könnten.

Dort hob sie selbst ihr Hemd hoch, beugte den Körper vor und präsentierte ihren feisten mit dichtem Flaum bewachsenen Hintern den Stricken, welche zuerst von den Kleinen geschwungen wurden, die wie auf ein Stück Holz losdreschten, ohne jedoch der Geschlagenen auch nur einen Klagelaut zu entreißen.

Auch die Großen vermochten ihr nicht die Lippen zu öffnen, obgleich sie ihre ganze Armkraft anwandten, und unter ihren zehn Hieben sich die Hinterbacken von oben bis unten mit dunklem Rot bedeckten. Anders wurde es, als die Direktrice die Nagaika ergriff. Ihre Stricke, die auf ein frisch gepflügtes Feld fielen, zogen neue, violette Furchen, wobei die arme Aufseherin verzweifelt schrie und kreischte.

Fünfzehn Hiebe erhielt sie auf den dicken Hintern,

den Rest auf die Schenkel, wobei der letzte die schwarze Katze zwischen denselben traf. Auch der Ballettmeister zog ihr zuerst fünfzehn kräftige Hiebe über die feisten Arschbacken, deren Haut bei jedem neuen Schmiss mehr anschwoll. Die letzten fünf Hiebe, die wie bei der Direktrice den Schenkeln zugute kamen, zerfetzten diese entsetzlich. Als Zugabe erhielt sie dann noch zwei Schmisse auf ihre haarige Dose, deren Lippen bluteten.

Während der ganzen Dauer der Züchtigung durch diese brutalen Männerhände hörte das Konzert von Brüllen, Kreischen und Wehklagen nicht auf. Auch noch eine halbe Stunde nachher, als die Aufseherin schon auf dem Bauch lag – ihre zerfetzten Hinterbacken gestatteten ihr keine andere Lage –, ließen die Klagetöne nicht nach. Das Seufzen dauerte noch länger, erst am Morgen hörte es auf.

Seit dieser Nacht hatte die Aufseherin eine leicht begreifliche Abneigung gegen die beiden Tänzerinnen, welche die Ursache ihrer Bestrafung gewesen waren, und diese sie mit zu sichtbarem Vergnügen gegeißelt hatten. So ließ sie keine Gelegenheit vorübergehen, sie zu peitschen, sobald sie an ihnen irgendeinen Fehler wahrnahm, was mehrmals in der Woch vorkam. So hatte sie an jedem Tage mindestens eine von ihnen unter der Fuchtel, manchmal sogar alle beide.

Jedes Mal zog sie ihnen ein Dutzend Hiebe über. Das war das Maximum, welches ihr gestattet war, auch durfte sie nur die Hand dazu nehmen. Wenn sie aber mit ihren sehnigen, breiten und harten Händen einen dieser gehassten Hintern vornahm, dann schlug sie auch darauf zu, dass die Schläge wie auf einer Pauke schallten, denn sie zwang ihre Freundinnen, den Kopf so weit zu bücken, dass er durch die Beine guckte. Dabei spannte sich die Haut natürlich bis zum Platzen, und jeder Hieb war doppelt schmerzhaft. Die Geschlagenen kreischten dabei auch wie die Wilden, und ihr verzerrtes Gesicht schnitt grässliche Fratzen. Länger als eine Stunde schluchzten sie hinterher, und den Schmerz empfanden sie bis zum späten Abend.

ICH TRETE AUF

Nach Verlauf von sechs Wochen kam ich in die zweite Klasse und übersprang damit viele, die schon seit einem Jahr im Institut waren. Da lernte ich auch erkennen, was es heißt, ohne Abendbrot zu Bett zu gehen. Man hatte schon sechs Tänzerinnen hintereinander auf den ominösen Bock gespannt, als plötzlich die Aufseherin mit lauter Stimme rief:

» M a r i s k a ! «

Beim Aufruf meines Namens, den ich nie zu hören erwartete, da ich mir keines Fehlers, keiner Lässigkeit bewusst war, lief mir ein Schauer über den Leib, und zitternd näherte ich mich dem Pranger – wo schon die sechs Tänzerinnen mit herabgezogenen Trikots und zuckenden Hinterteilen knieten.

Auch ich musste mich mit gespreizten Beinen auf dem Kissen niederlassen, eine Aufseherin zog mir im Augenblick das Trikot herunter und legte mich über den Block.

Dann riss die Direktrice mir dreißig Hiebe mit der Geißel über meinen nackten Popo, und zwar mit gewohnter Geschicklichkeit und der Wucht, welche diese Züchtigungen auszeichneten. Ich konnte es nicht verhindern, dass mein Popo sich unwillkürlich wand und zuckte ...

Mit übermenschlicher Anstrengung vermochte ich es, einen Schrei zu unterdrücken, welcher das Vergnügen der hohen Herrschaften vermehrt hätte, denn diese kamen mit ihren Damen nach dem Theater nur, um sich an unseren Qualen zu ergötzen und lachten, dass sie sich schüttelten, während unsere armen Ärsche unter den furchtbaren Hieben auf- und abschnellten und die Gepeitschten wie auf einem Scheiterhaufen brüllten.

Man ließ mich, nachdem ich meinen Teil erhalten hatte, nicht neben den vorher Gegeißelten niederknien, obgleich dort noch Platz genug vorhanden war, sondern ganz in der Nähe der Sitze für die Zuschauer – zweifellos, damit diese sich den nackten Hintern und die anderen Reize der neuen Erscheinung umso besser ansehen konnten. Mit trockenen Augen nahm ich den mir angewiesenen Platz ein.

Noch war die Sitzung nicht beendet. Es wurde zum Schluss eine Aufseherin gegeißelt, welche sich bei der Erfüllung ihrer Pflicht nachlässig gezeigt hatte. Es war eine Frau von zweiunddreißig Jahren, die sich ebenso wie wir auf den Bock legen musste. Da sie jedoch in Straßentoilette war, musste ihr eine ihrer Kolleginnen beim Zurückschlagen der Kleider behilflich sein.

Sie trug einen tief geschlitzten, eng anliegenden

Pantalon, der sich über dem strammen Popo hochwölbte. Ehe man ihn ihr abzog, versetzte die Direktrice dem eingeschlossenen Hintern noch schnell einige Hiebe.

Unter der gespannten Leinwand sah man dabei deutlich die Muskeln zucken. Als ihr darauf ihre Kollegin die Höschen herunterzog und das Hemd über die Lenden warf, sah man rote Striemen auf ihrer äußerst zarten Haut.

Über den Bock gelegt, erschien ihr dicker Arsch besonders umfangreich. Die in der Luft sich ausbreitenden Stricke fielen auf die Hüften und rollten sich dort über die weite Fläche aus, wobei sie die getroffene Stelle mit lebhaftem Rot überzogen. Mit dumpfem Laut fielen sie auf die runden Globen, dieselben entsetzlich peinigend.

Hier zum Beispiel gab es etwas für Augen und Ohren der Zuschauer. Der dicke Arsch hopste und schüttelte sich wild, und der Gesang, welcher schon beim ersten Schlage begonnen hatte, steigerte sich dermaßen, dass er zum Schluss in schrilles Gekreische ausartete. Sie erhielt ihre vierzig Hiebe mit der Geißel, die vom ersten bis zum letzten mit gleicher unverminderter Kraft ausgeteilt wurden.

Die zehn letzten wurden zur Verschärfung der Strafe so auf und zwischen die Schenkel gezielt, dass bei jedem Schlage die große, mit reichem Haarschmuck versehene Frauenvotze von den Enden der Stricke getroffen und malträtiert wurde. Mit den Aufseherinnen verfuhr man nicht so sorgsam wie mit uns, deren vordere und hintere Reize noch andere Bestimmungen zu erfüllen hatten, als dem Operationsfeld für Peitsche oder Geißel zu dienen. Ihnen konnte man schon zur größeren Belustigung des edlen Publikums ein wenig das Fell vom Hintern ziehen.

Allein musste ich in mein Bett kriechen und dort auf meine Schlafgenossinnen warten, die glücklicher als ich jetzt ihr Abendbrot verzehrten. Ich litt solche schreckliche Pein, dass meine ganze Energie mich verließ und ich jetzt, wo keine Zeugen zugegen waren, meinen Tränen freien Lauf ließ. Sie flossen bis meine Kameradinnen zum Schlafen kamen, doch auch sie konnten meine vom Weinen geröteten Augen nicht erblicken, da ich auf dem Bauch ausgestreckt lag.

Mir tat der Magen die ganze Nacht hindurch grässlich weh; man sagt zwar, Schlaf nährt auch, aber ich hatte nicht einmal dies magere Surrogat, denn ich konnte die ganze Nacht hindurch kein Auge schließen.

Vier Tage später musste ich wieder auf dem Bock paradieren. Schön, dachte ich, wieder eine hungrige Nacht. Ich erhielt diesmal dreißig Hiebe auf den nackten Popo, welcher während der ganzen Zeit der sehr schweren Bestrafung nicht einen Augenblick zur Ruhe kam. Diesmal musste ich mich nachher neben das Schafott knien, und wenn ich auch die Auspeitschung meiner Kameradinnen nicht mit ansah, so hörte ich das Konzert, welches die Geprügelten aufführten, sowie auch das Klatschen der Geißel, welche auf dem prallen Fleisch den Takt dazu schlug.

Auch mein Popo bewegte sich noch nach demselben, während der ganzen Zeit, in der meine sechs Nachfolgerinnen dasselbe Schicksal wie ich erlitten. Als man uns aufstehen ließ, wurde ich statt an meinen alten Platz in ein Kabinett geführt, wo ich den jungen Gardeleutnant vorfand, der öffentlich die junge 14-jährige Elevin verklopft hatte. Er war in ein Flanellgewand gehüllt.

»Ich denke, du wirst nicht so widerspenstig sein, wie deine junge Gefährtin, Mariska«, sagte er zu mir. »Mit einem Körper, wie es der deinige ist, muss man unbedingt geil und wollüstig sein. Da du so stoisch die Geißelhiebe erträgst, bist du auch zweifellos energisch, doch wird es trotzdem wohl gut sein, wenn du dich etwas restaurierst, du wirst diese Nacht deine Kräfte nötig haben.«

Für dieses Angebot war ich ihm so dankbar, dass er den Vorsatz, mich für seine Liebenswürdigkeit in jeder Weise erkenntlich zu zeigen, in meinen Augen lesen musste. Auf seinem Befehl zog ich mich dann nackt aus und setzte mich mit dem Popo auf seine Schenkel, dass meine heißen Hinterbacken sich an seinem schönen Schwanz rieben, welcher zwar schon steif war, unter diesem Glutofen aber noch immer härter wurde.

Auch er war aber die Fülle des Vlieses bei meinem jugendlichen Alter auf das Höchste erstaunt und betastete all meine Reize aufs Genaueste, während ich sein Souper teilte. Zum Schluss ließ er noch eine Flasche Sekt kommen und den Korken knallen. Er schenkte mir mehrere Gläser ein, sodass ich weit über die Hälfte der Flasche allein austrank.

Dieser schäumende Trank, den ich zum ersten Mal genoss, machte mich halb trunken. Dazu kam noch das Feuer, welches mir im Hintern brannte. Beides zusammen machte aus mir einen glühenden Vulkan. Man kann sich denken, wie sich bei meinen natürlichen Anlagen die ersten Turniere in dieser Nacht gestalteten.

Während zwei Stunden trat im Zucken meiner Hinterbacken, in meinen Ergüssen und im Rauschwalzer meines Busens kein Stillstand ein. Mein Partner war von dieser Rasabande aufs Höchste überrascht. Wahr ist es, dass er es mit größerem Recht sein konnte als alle seine Vorgänger, denn solches Fest hatte noch niemand an mir erlebt. Alles vereinigte sich, um mich zu wahnsinnigen Wollustausbrüchen hinzureißen.

Die Trunkenheit, das Feuer in meinem Popo, die mit Dankbarkeit gemischte zärtliche Zuneigung, die ich für meinen Liebhaber empfand, und schließlich der Umstand, dass mein Ficker ein hübscher, junger, kräftiger und gut beschlagener Mann war. All das trug dazu bei, mich in teuflischer Wollust zu unterhalten.

Endlich schliefen wir, fest aneinandergeklammert ein, er hinter mir und sich dicht an mich schmiegend. Als er am Morgen erwachte, weckte er auch mich mit einigen freundschaftlichen Schlägen auf. Diesmal legte er sich auf mich, um auf meiner Brust zu ruhen, die Hände schob er unter meinen Hintern und drang dann langsam in mich ein. Doch kaum berührte sein Dolch meine heiße Scheide, als diese schon wieder zu glühen anfing.

»Man sollte es nicht glauben, dass ein solcher Feuerbrand existiert«, war sein verwunderter Ausruf.

Eine volle Stunde blieb er, auf meinem Busen ausgestreckt, liegen, stets mit den Händen unter meinem Popo. So genoss er dreimal die höchste Wollust. Wie oft ich in Entzücken verging, habe ich nicht gezählt, mindestens aber noch einmal so oft wie er.

Am Abend ließ er mich von neuem zu sich kommen. Er, der niemals zwei Nächte nacheinander dieselbe Bettgenossin wählte, erwartete mich schon sehnsüchtig. Da ich an diesem Tage aber ohne Züchtigung davongekommen war, er jedoch seinen Backofen nicht missen mochte, so verklopfte er mir nach dem Champagner den Popo ganz kräftig. Doch wich ein verzücktes Lächeln nicht von meinem Gesicht.

Als unser erstes Liebesfeuer, welches nach diesen Erregungen fast zwei Stunden gedauert hatte, etwas heruntergebrannt war, nahm ich den müden Kämpen zwischen meine Lippen. Sofort schwoll er wieder an und vergrub sich tief in meinem Munde.

Mein Liebhaber nahm schon an, dass sich bei meinem feurigen Temperament auch diese Saugpassion bei mir stark entwickelt hatte. Als sein Schwanz aber die nötige Steifheit erlangt hatte, drehte ich mich um und zeigte ihm unter meinem Popo das weit klaffende, nimmermüde Vötzchen und sagte: »Stecken Sie ihn nur hier hinein, gnädiger Herr, es ist ein warmes Nachtquartier.«

»Schau doch, was diese kleine Hure für gute Einfälle hat«, war die Antwort. Dann befolgte er meinen Rat und stürzte sich dabei auf meinen brennenden Popo. Ehe er einschlief hatte er noch zweimal Gelegenheit, das Hüpfen meiner Hinterbacken zu erproben. Wie süß träumte ich in der Nacht und wie bald und schön gingen die Träume in Erfüllung. Ich glaube, auch er nahm daran teil.

Am Morgen war sein Schwanz steifer als je, und da er jung und kräftig war, so bediente er mich zweimal, ohne zu ermüden. Seit diesen beiden Nächten nimmt er mich von Zeit zu Zeit mit in sein Bett, und zwar stets, wenn man mich vorher gegeißelt hat.

Er weiß, dass die Dankbarkeit, welche ich ihm für das Souper schulde, meine Glut vermehrt und dass das Feuer, welches dreißig kräftige Hiebe in meinem Popo angezündet haben, bis zum Morgen vorhält.

In zwei Jahren durchlief ich alle Klassen, stets angeeifert durch Strick und Peitsche, die nicht über meinem Haupte, wohl aber über meinem nackten Hintern schwebten. Keine Woche verging, ohne dass ich im Ballett mit dem durch Gerte oder Reitpeitsche verursachten schneidenden Schmerz im Popo mittanzen musste.

Als ich in der Klasse der ersten Tänzerinnen angelangt war, hatte ich alle Beweglichkeit und Geschmeidigkeit erlangt, die mich befähigten, meine Aufgabe tadellos auszuführen. Das bewahrte mich aber nicht davor, am Ende der Übungen dreißig Hiebe zu bekommen, sodass meine nackten zerfetzten Hinterbacken stundenlang schmerzten und brannten.

Meistens peitschte man mich ohne den geringsten Grund, einfach um das Vergnügen der Wüstlinge, die sich über mich beschwert hatten, zu vermehren. Mein Dasein hatte aber insofern eine günstige Wandlung erlitten, als ich nie mehr ohne Abendbrot zu Bett gehen musste, selbst dann nicht, wenn ich nach der Vorstellung gepeitscht worden war. Alle meine nächtlichen Besitzer ließen mich an ihrem Souper teilnehmen, die einen aus Gutmütigkeit, die anderen aus Egoismus, damit ich beim Liebeskampf nicht ermatte.

Ich glaube, dass der Ruhm meiner physischen Fähigkeiten von Mund zu Mund ging, denn ich war die am meisten Begehrte, hauptsächlich, als ich mein achtzehntes Lebensjahr erreicht hatte. Während der letzten drei Jahre meines Kontraktes setzte es niemals Hiebe auf meinen nackten Popo, ohne dass dieses lüsterne Schauspiel den einen oder andern Wüstling in meine Arme, oder besser gesagt, zwischen meine ausgebreiteten Beine trieb.

Eines Tages ließ mich sogar ein Ehepaar holen, das mir befahl, mich lang auf den Bauch zu legen. Dann dehnte die Dame sich mit ihrem nackten Popo auf meinen brennenden Arsch aus, während der zwischen meinen Beinen kniende Gatte das edle Vötzchen seiner Eheliebsten nach Kräften bearbeitete. Ihr praller Hintern tanzte bei jedem Stoß, den ihr Ficker ihr versetzte, auf dem meinigen. Nicht lange dauerte es, bis sie fühlte, dass auch dieser am Tanze teilnahm.

Als sie sich erhoben, konnten sie mit den Fingern das Phänomen konstatieren. Dann nahm der Gatte auf meinem Popo Platz, und seine Gemahlin ritt in geschickter Weise auf seinem Schoße. Bei jedem Druck der Reiterei gruben sich die harten Hinterbacken des Herrn in die meinigen, die sich dabei auseinanderspreizten. Auch diesmal kam ich ihnen mit einem Erguss zuvor.

Noch aber waren die beiden nicht voll befriedigt. Zuerst hielt der Mann mir den seidenweichen Hintern seiner Frau hin, dessen Ritze ich belecken und in dessen kleines Loch ich sogar die Zunge stecken musste. Dann drehte er sie auf seinem Schoße um – und nun kniete ich neben dem Vötzchen der jungen Frau und leckte an ihrem kleinen Kitzler, bis ihm dreimal Perlen der Wollust entquollen waren.

Natürlich kam der Stängel auch gebührend an die Reihe. Die beiden Ehegatten hatten ihre lebende Matratze so gut und bequem gefunden, und auch so warm, dass sie noch oft nach der elastischen Unterlage verlangten. Immer schloss die Sitzung mit einer Leckerei, die oft länger als eine halbe Stunde dauerte.

Eines Tages gaben die Großfürsten ihren Freunden ein intimes Fest. Ich war damals schon neunzehn Jahre alt, und all meine Reize hatten sich zu ihrer höchsten Blüte entwickelt. Da es ein Gartenfest im Hochsommer war, fand das Ballett auf dem Rasen unter schattigen Bäumen statt, die im Park des Institutes standen und unter denen wir zur Erholungszeit spazieren gehen durften. Sonst lebten wir wie die Gefangenen. Wir waren im Übungskostüm, das Orchester vollzählig versammelt. Der größte Teil der Musiker hatte noch niemals ein Ballett in dieser Toilette gesehen, und sie verschlangen mit ihren lüsternen Augen diese Trikots von Menschenhaut, welche sie über alle Maßen aufregten.

Zuerst exekutierte man zwei gewöhnliche Tänze, einen Walzer und eine Mazurka, welche die Verschlingungen der Schenkel am besten zeigten und ebenso gut die wollüstigen Formen der Hinterteile, denn nur erwachsene und gut entwickelte Mädchen nahmen an diesen Tänzen teil.

Zum ersten Mal walzte ich in frischer Luft und unter freiem Himmel. Zur Wärme der Luft gesellten sich noch das Aneinanderreiben der nackten Schenkel, das heiße Blut, das feuchte Fleisch und das Kitzeln der Härchen an unseren Liebesgrotten, und alles zusammen bewirkte bei mir einen unglückseligen Effekt.

Mein Liebessaft ergoss sich, und meine Schenkel zitterten unwillkürlich, sodass ich aus dem Takte kam.

Natürlich bemerkten die Großfürsten diesen Fehler sofort, unterbrachen den Tanz und ließen mich und meine Partnerin nähertreten, um uns die Strafen sofort auf den nackten Hintern aufzuzählen.

In der Stellung, die wir dazu einnehmen mussten, konnte der Strafende alles sehen, und so bemerkte er sofort etwas Anormales an meinem Vlies. Er fühlte mit dem Finger dorthin und stellte nun das Ereignis fest. Ergötzt rief er seine Freunde herbei – welche vor dem augenscheinlichen Beweise meiner Überfüllung defilierten und über die Leichtigkeit, mit der ich mich nässte, Tränen lachten.

Dabei fühlte jeder mit dem Finger an den Ort der Überschwemmung, und dieses Grabbeln brachte nach kürzester Zeit eine Wiederholung des Phänomens hervor, zum großen Erstaunen des Fingers der in diesem Moment gerade bei der Inspektion begriffen war.

Da aber die Finger der anderen ihre untersuchende Tätigkeit fortsetzten, so war es gerade kein Wunder, dass derselbe Vorfall noch einmal eintrat. Da ich die einzige Schuldige war, erhielt ich auch allein mein Dutzend Hiebe auf den nackten Popo. Dann musste ich in kniender Stellung mit aufgestützten Armen auf dem Rasen bleiben unter den Augen der Zuschauer, die ihre Augengläser auf meine in ihrer ganzen Fülle vor ihnen ausgebreiteten nackten Reize gerichtet hielten, während Walzer und Mazurka ihren Fortgang nahmen.

Zum Ballett durfte ich mich endlich erheben, aber obgleich es mir sehr nottat, dachte doch niemand daran, mir zu erlauben, in einem der umherstehenden Bidets ein Sitzbad zu nehmen. Am Ende des Tanzes sah ich auch ein, warum es geschah, nämlich, um mich so warm, wie ich war, vorzunehmen.

Man verabschiedete schließlich das Orchester, den Ballettmeister und die Aufseherinnen und behielt nur zweiunddreißig der forschesten Tänzerinnen, unter denen auch ich mich befand, sowie ein Dutzend Kammerfrauen, für welche genügend Arbeit nicht fehlte, zurück.

Dann nahm jeder der Gäste dasjenige Mädchen, das ihm am besten gefiel und peitschte es nach Herzenslust, sodass die Luft vom Vokalkonzert der Gezüchtigten widerhallte. Mich hatte der Großfürst, welcher mich vorher verklopft hatte, gewählt, und trotz der zwölf bereits erhaltenen Geißelhiebe ertrug ich ohne jede Klageäußerung die 30 Rutenhiebe, die er mir auf meinen geröteten Hintern gab. Da nach den vorher empfangenen Schlägen die Haut umso empfindlicher war, konnte ich jedoch meinen Popo nicht eben so zur Ruhe zwingen wie meinen Mund, und so wackelte er denn auch aufs schönste hin und her.

Als Hinterbacken und Schenkel aller passiven Teilnehmerinnen dieser Lustpartie im tiefsten Dunkelrot strahlten, mussten die Gepeitschten sich auf den Rasen knien. Leicht drangen dann die Freunde der Großfürsten, junge und kräftige Leute, in die klaffenden, ihnen entgegenlachenden Votzen ein, wobei sie sich an den dicken, schaukelnden Brüsten ihrer Partnerinnen festhielten und noch einen zweiten Halt an deren glühenden Hinterbacken fanden.

Als ich fühlte, wie der allerdurchlauchtigste groß-
fürstliche Schwanz die Lippen meiner Dose, welche
ihm erwartungsvoll geöffnet wurden, durchdrang,
kannten mein großer Stolz und Hochmut keine Gren-
zen, und als der prinzliche Bauch sich an meinen heißen Hinterbacken rieb, zitterten diese vor Vergnügen.

Auch er erstaunte wieder über diese sofortige Antwort, die er ohne Zweifel meiner Befriedigung über die
Ehre, welche ein königlicher Schwanz meiner leibeigenen Votze antat, zuschrieb. Doch wollte er, dass auch
seine kräftigsten Freunde sich davon überzeugten.

Während der Liebesspiele hatten die Kammerfrau-
en die Bidets neben die Paare auf den Rasen gestellt
und liefen nun von einem zum anderen, um die nötige
Abwascherei vorzunehmen. Es war ein lustiges Schauspiel, mit anzusehen, wie all diese geröteten Katzen,
die weit klafften, und auch manche der Hinterteile,
welche Liebhaber gefunden hatten, mit Schwämmen
gewaschen und hinterher abgetrocknet wurden. Ich
wurde im Ganzen zwölfmal gevögelt, der Bruder des
Großfürsten schob mir zuerst seinen Schwanz in den
Popo, und dann erprobten noch zehn andere den Wert
meiner Grotte und meines Hinterteiles.

Man vögelte mich noch immer, als schon alle anderen zur Ruhe gegangen waren. Über den Bidets warte-
ten einunddreißig Hinterteile auf mich und tropften
indessen den Überfluss ihrer Einspritzungen ins Wasser, die einen von oben, die anderen aus der mittleren
Öffnung, viele aus beiden …

Man verschob die Abwaschungen, bis auch ich fertig
war, damit wir unsere Toiletten zusammen beendigen

konnten. Denn nur, um die Herrschaften nicht warten zu lassen, wurden wir während der Liebeskämpfe von den Kammerfrauen bedient.

Ich war nachher von dem vielen Vögeln und der Abwichserei der zweiunddreißig Finger so erschöpft, dass ich abends vom Auftreten dispensiert werden musste.

So verging die Zeit. Leider sah ich meinen geliebten Gardeleutnant nicht mehr in den Orchesterlogen erscheinen und konnte auch nicht in Erfahrung bringen, was aus ihm geworden war. Ich hatte auch nicht viel Muße, an ihn zu denken, denn nach dem Gartenfest tanzten die Geißel während zwei Monaten fast ununterbrochen auf meinem Hintern.

Weder vor noch nach den Übungen, weder am Nachmittag noch um Mitternacht war ich davor sicher, dass nicht einer der Freunde des Großfürsten sich an der Glut meiner Hinterbacken erwärmen wollte. Es gab Tage, an denen ich zweimal geprügelt wurde, beim ersten Mal nur leicht, damit ich an der Ausübung meines eigentlichen Berufes nicht gehindert würde, dafür aber umso schwerer nach dem Ballett, denn dieses Feuer sollte bis zum Morgen nicht verlöschen.

Zu den Übungen kamen die Großfürsten nur zwei- bis dreimal im Monat, und zwar stets zum Schluss derselben; dann wählten sie sich aus den strammen Tänzerinnen die allerdicksten heraus und ließen sie mit dem Kopf an den Boden und erhobenen, gespreizten Schenkeln von vier Aufseherinnen peitschen.

Sie sahen aus ihrer kaiserlichen Loge vergnügt dem Schauspiel zu, wie sich unter den vierzig Geißelhieben beim Klange einer Redowa die Hinterbacken und

Schenkel langsam röteten. Die Aufseherinnen erhielten dann gewöhnlich noch den Befehl, dem Opfer zur Belohnung für das Geschrei, welches sie auszustoßen nicht unterließen, während der Taktstock auf ihr Hinterpult schlug, einige Hiebe zwischen die Schenkel zu geben. Dann schloss das Konzert mit Doppelakkorden in den höchsten Tönen.

Aus zwei Gründen wählten sie die dicksten Mädchen zu ihrer Belustigung. Nachdem diese völlig entkleidet waren, ließen die Großfürsten sich von ihnen ebenfalls ganz nackend ausziehen. Eine musste sich dann auf den Bauch legen und die Beine spreizen, damit ihr Arsch recht breit wurde. Auf ihren Rücken legte sich dann der Prinz so, dass sein Hintern auf ihren brennenden Hinterbacken lag.

Dann musste die andere breitbeinig über ihn steigen und sich so rücklings auf ihn setzen, dass ihr heißer Arsch auf dem Bauche ihres Fickers ruhte. Nun musste diese solange mit dem Popo, jedoch ohne sich dabei zu erheben, mahlende Bewegungen machen, bis Pressungen den gewünschten Erfolg herbeiführten. Doch durfte sie nicht eher die Arbeit unterbrechen, als ihr Herr aufgehört hatte, durch Schläge, welche er überall, wohin seine Hand klatschte, auf Schenkel, Lenden, Hüften austeilte, sie zu ermuntern. Unter dieser doppelten Stimulans dauerten die Ausspritzungen einige gute Minuten. Sie wählten also Mädchen mit breiten Gesäßen damit sie erstens für ihr Hinterteil ein Unterbett von genügender Größe hatten, und zweitens damit zwischen Ober- und Unterbett kein Raum bliebe.

Nach dem ersten Akt wechselten dann die Schauspielerinnen ihre Rollen. Während der Großfürst auf dem heißen Polster Platz nahm, musste die zweite den Dolch instand setzen, indem sie ihn in den Mund nahm und ihn solange in sich zog, bis die ganze Lanze verschwunden war, und ihre Spitze den Kehlkopf berührte. Dann erst verließ der Schwanz den Mund, um seine natürliche Unterkunftsstätte aufzusuchen. Der zweite Akt dauerte natürlich etwas länger, infolgedessen wurden auch die Ermunterungen zum Schluss lebhafter und leider auch schmerzhafter. – Ein Jahr war ich so durch die Hände der Großfürsten und ihrer Freunde gegangen und hatte mein zwanzigstes Jahr und dabei eine außergewöhnliche Entwicklung meiner Formen erreicht.

Nun schien es ihnen, dass ich für ihre erotischen Exzesse genügend vorbereitet sei, und so wurde auch mir die Ehre zuteil, als eines der vier Mädchen vor der kaiserlichen Loge gepeitscht zu werden. Leider erhielt auch ich das gewöhnliche Supplement, zwischen den geopreizten Schenkeln, obgleich ich nicht mit ins Trio eingestimmt hatte.

Bald lag ich unter dem gnädigen Herrn, welcher sich auf meinen Hintern und die beiden Schenkel, die ich auf seinen Befehl zusammendrücken musste, setzte, und nicht lange dauerte es, bis ich fühlte, dass sich auch die Reiterin in den Sattel schwang. Ihre dicken Hinterbacken rieben sich unaufhörlich an den meinigen, als sie ihre Arbeit begann. Stärker und stärker presste ich meine Schenkel aneinander, und doch konnte ich es nicht verhindern, dass mein Liebesnestchen in Mitleidenschaft gezogen wurde und unwillkürlich die

Bewegungen der Reiterin nachahmte, und damit auch nicht innehielt, als schon Ross und Reiterin ermüdet den Ritt unterbrochen hatten.

Als diese aus dem Sattel gestiegen war, überzeugte sich der Großfürst mit dem Finger von dem Effekt, den der erste Akt auf mich ausgeübt hatte. Dabei kam ihm dann auch die Erinnerung an den Vorfall, der sich am Tage des Gartenfestes abgespielt hatte.

Nach den bei den Akteuren recht notwendigen Abwaschungen wurde das Oberbett zur Matratze, und ich übernahm die Rolle der Reiterin, nachdem ich das Ross, wie es meine Pflicht war, wieder aufgeschirrt hatte. Langsam schob ich mein dickes Hinterteil über den steifen Schwanz; dabei musste ich mit den Fingern meine langen und dichten Schamhaare, welche den Eingang zur Grotte verbarrikadierten, beiseiteschieben. Dann erst drang das Glied leicht in mich ein, bis mein heißer Arsch auf dem Leibe des Fürsten ruhte. Das Rollen der Hinterbacken auf seinem Dolche, der meine Scheide so gut füllte, übte einen magischen Einfluss auf meinen Kitzler aus, der sofort anfing, nass zu werden, während mein Popo in unaufhörlichen Bewegungen blieb.

Sofort regnete es auch auf Hüften und Schenkel Hiebe, die zwar nach der vorhergegangenen Geißelung tüchtig schmerzten, aber auch gleichzeitig meine Geilheit rasend aufstachelten. Ich fühlte, wie mein Kitzler ohne Aufhören Tränen vergoss. Als ich mich dann gereinigt hatte, wollte der Prinz ein neues Experiment an mir versuchen. Meine Genossin sollte, während ich mit herabhängenden Beinen über dem Bett lag, mein Knöspchen andauernd mit der Zunge kitzeln, während der Prinz ihre Bemühungen in verschiedener Weise unterstützte. Auch sie musste erst das verhüllende Gestrüpp entfernen, ehe sie bis zum dicken Kitzler, der sich im tiefen Graben eingenistet hatte, vordringen konnte.

Dabei drückte der Fürst oben auf den Kitzler, der zitterte und bei der doppelten Bewegung sofort wieder steif wurde. So wichste er 30 Sekunden mit 2 Fingern, denn einer genügte nicht, und zog sie dann total durchnässt zurück.

Das vor mir kniende Mädchen hielt inzwischen die Lippen meines Vötzchens weit auseinander, durfte nur mit der äußersten Zungenspitze operieren, denn der Fürst wollte alles genau betrachten. Geschickt war diese Zunge, denn es dauerte kaum eine Minute, bis das Zittern des Kitzlers von neuem begann.

Mit einer Hand griff der Fürst nun in mein Vlies, während er mit der anderen unter meinen Hintern fuhr und mir in die vor Wollust zitternden Backen kniff. Beim dritten Experiment, das ebenfalls schnell beendet war, nahm er meine dicken Titten vor. Er konnte sie kaum mit beiden Händen bedecken und halten, denn sie tanzten eine wahre Sarabande, als er mit Daumen und Zeigefinger die steifen Wärzchen rieb.

So leckte die unermüdliche Zunge wohl zwanzig Minuten und während der ganzen Zeit hörte mein Kitzler nicht auf zu weinen. Nach diesem langen Exerzitium fühlte der Großfürst sich wieder fähig, einen neuen Ritt zu unternehmen. Diesmal zählte er auf meine Geschicklichkeit als Unterlage, und seine Hoffnung betrog ihn nicht.

Kaum hatte oben das Rollen der Hinterbacken begonnen, als ich schon wieder fühlte, wie auch mein Kitzler, obgleich er ein wenig schmerzte, aufbebte; und jene hatten noch nicht die Hälfte der Reise zurückgelegt, als die Matratze zum großen Vergnügen der auf ihr ausgebreiteten Hinterbacken anfing, sich im Takt mitzubewegen.

Vierzehn Tage später wurde ich wieder vor der kaiserlichen Loge gepeitscht, diesmal aber in die Apartments des Bruders des Großfürsten gebracht, der ebenfalls auf mich aufmerksam geworden war. Er hatte dieselben Angewohnheiten wie sein Bruder und schien wie dieser den Wert meines Popos richtig zu würdigen, denn nicht weniger als dreimal in einem Monat seit der Sitzung ließ er mich zu sich führen.

DEKORATIONSWECHSEL

Fünf Jahre war ich nun schon in diesem Gefängnis, und mein Kontrakt war bald abgelaufen. Indessen erwartete ich ohne allzu große Ungeduld den Augenblick meines Austrittes, denn wenn der Strick meiner Herrschaft im Allgemeinen auch nicht entfernt mit den hier üblichen Bestrafungen zu vergleichen war, so fehlten mir dort andererseits wieder die Zerstreuungen, an welche ich mich so gut gewöhnt hatte und die ich schwer vermisst haben würde.

Die Zunge meiner Freundinnen genügten mir allein nicht mehr, und ich wusste, was es diejenige kostete, welche sich dabei überraschen ließen. Endlich hieß es eines Tages das Ränzel schnüren. Es war klein und enthielt nur ein Straßenkleid und ein Tanzkostüm, alles andere blieb beim Austritt aus dem Institut dort zurück.

Ein mit zwei Pferden bespannter Wagen hielt vor dem Tore der Akademie. Der Kutscher stieg von seinem Sitz, um mein kleines Paket zu sich zu nehmen. Zum ersten Mal seit fünf Jahren atmete ich wieder Straßenluft und sog sie mit vollen Lungen in mich ein. Ich stieg ins Coupé, dessen Fenster mir gestatteten, das Leben auf der Straße zu betrachten. Es schien mir derselbe Weg zu sein, den ich alle Abende gefahren war. Wohin führte er mich heute?

Die Reise dauerte eine halbe Stunde. Vor einem großen Hause hielt der Wagen. Der Kutscher stieg vom Bock, klingelte und bestieg dann wieder seinen erhöhten Sitz. Die Türe öffnete sich, und es erschien eine Frau von circa vierzig Jahren, welche augenscheinlich die Stelle einer Wirtschafterin inne hatte.

Sie stieg die Stufen herunter, öffnete den Schlag und grüßte mich mit einem Neigen des Kopfes, als ob sie stumm wäre. Dann ergriff sie mein kleines Paket und ging, mir den Weg zeigend, voran. Über mehrere Korridore führte sie mich bis an eine Tür, an welcher sie anklopfte.

»Herein«, rief eine männliche Stimme. Ich trat ein und hinter mir schloss die Wirtin die Tür ab. Ein Herr vorgerückten Alters saß in einem Sessel. Er musterte mich von Kopf bis Fuß.

»Mariska«, sagte er, »ich habe dich von deiner Herrschaft erworben. Du bist jetzt mein Eigentum,

meine Sklavin. Du gehörst mir und wirst wie eine Sklavin behandelt werden. Ich fordere unbedingten Gehor-
sam und pünktlichste Ausführung meiner Befehle. Ich
habe dich öfters auf der Bühne gesehen, wo du mir zu
der doppelten Funktion, zu welcher ich dich bestimmt
habe, geeignet erscheinst.

Zuerst habe ich mich nach der Dauer deines Kontraktes erkundigt, und als ich hörte, dass deine fünf
Jahre bald verflossen wären, deiner Herrschaft einen guten Preis für dich geboten, um mir einen solchen Schatz nicht entgehen zu lassen ... Er soll mir
das Doppelte wieder einbringen, zuerst auf der Messe
von Nischnij Nowgorod und in anderen Orten, wo ich
mit meiner fliegenden Schwadron auftrete, und dann
noch sonst wo, wo meine Täubchen mir ausgezeichnete Dienste leisten. Da ich dich nur im Theater gesehen
habe, kenne ich dich noch nicht genügend. Entklei-
de dich schnell, damit ich dich ganz nackt betrachten
kann.«

Ich gehorchte und zog meine Kleider sowie das
Hemd aus. Da ich in seiner Nähe stand, griff er mit
beiden Händen in mein volles Vlies und schüttelte es
wie eine Perücke.

»Teufel! Das erschien im Theater nicht, aber es vermehrt den Wert meiner Erwerbung ...«

Dann musste ich mich umdrehen und mich bücken, wobei er meine runden, hochgewölbten Hinterbacken klatschte und darauf mit der Hand an meine
parfümierte Spalte langte, die in dem vollen Gestrüpp
der Haare fast verschwand. Seine Finger glitten darin
umher, bis sie den Kitzler trafen, den er ebenfalls sehr

groß und entwickelt fand, der aber bei der Berührung der kalten, trockenen Finger nicht die geringste Erregung verspürte. Wieder musste ich mich umdrehen, damit sich auch sein Auge von der Größe meiner Rosenknospen überzeugen konnte.

»Oh, das ist ja noch was Gutes«, rief er aus. »Nun hol mir die Geißel, die dort liegt, knöpf mir die Hosen auf, knie dich hin und nimm meinen Schwanz in den Mund. Du wirst solange daran saugen, bis er stehen wird. Vielleicht wird dir die Zeit dabei etwas lang vorkommen, aber wie du sehen kannst, ist er nicht mehr in der Blüte der Jugend, und ich will dich schon peitschen, bis du ihn steif gemacht hast.«

Ich musste mich zwischen seine Beine knien, dass mein Hintern auf den Fersen ruhte und den schlappen Schwanz zwischen die Lippen nehmen, während er sich über meinen Popo beugte und denselben aus voller Kraft geißelte. Ein großer Spiegel, der dem Stuhl gegenüber stand, reflektierte das graziöse Bild.

Da mein Vötzchen das warme, glatte Leder meiner Lackschuhe berührte, so rieb es sich bei jedem Hiebe, den der Alte mir überriss, an der weichen Unterlage.

Bald sah mein neuer Herr, wie mein Popo zuckte, doch schrieb er diese Bewegung den Schlägen zu, welche er mir applizierte ... Wenn er einen Blick auf meine Fersen geworfen hätte, als sein Schwanz nach fünf Minuten steif geworden war und ich ihm meinen Hintern hinhielt, so hätte er unbedingt bemerken müssen, dass dasjenige, was er auf dem Leder glänzen sah, nicht nur Lack war.

Rücklings musste ich mich auf seinen dürren Leib setzen und dabei allerlei Vorsichtsmaßregeln treffen, um den Schwanz ins Loch hineinzustopfen, denn sehr steif war er nicht und füllte seinen Aufenthalt auch nur mangelhaft aus. Ich musste nun drücken und pressen und eine Viertelstunde im Schweiße meines Angesichtes arbeiten, bis er mir endlich ein paar Tropfen in den Leib spritzte.

Da ich bereits durch Reibung an den Fersen zum Erguss gelangt war, geriet mein Kitzler hierbei ebenso wenig in Erregung wie ein Stück Holz.

Dieser alte Graubart besaß eine niedliche kleine Schwadron von Tänzerinnen, welche er an Theater vermietete, die zu klein waren, sich eine Balletttruppe zu halten. Auch besuchte er damit die großen Märkte von Nischnij Nowgorod und zog daraus eine ganz hübsche Einnahme. Sie stand aber in keinem Vergleich zu den Revenuen, die er von Wüstlingen erhielt, welche ihm seine Sklavinnen für eine Stunde, eine Nacht oder den ganzen Tag abmieteten. Diese Mieter nahmen keinen Anstand, alle Rechte, die ihnen der Mietsvertrag über die Hinterbacken der Tänzerinnen einräumte, auszuüben.

Da unser Herr schon vollständig verbraucht war, so verfiel er, um sich aufzuregen, auf ekelhafte Phantasien. So brauchte er mit Vorliebe junge Mädchen von zwölf bis dreizehn Jahren, die an dem alten Schwanz lutschen mussten, während die Wirtin den Mädchen mit einer Rute den jungen Popo durchpeitschte. Alles dies fand stets vor dem großen Spiegel statt, damit das alte Schwein sich an dem aufregenden Anblick eines sich in Schmerzen windenden Mädchenärschchens ergötzen konnte.

Wenn die junge Lutschmamsell sich dann endlich erhob, war ihr armes Popochen nicht selten blutig. An solchen Abenden war sie dann wenigstens vom Auftreten dispensiert, und man schickte sie, nachdem man ihr den kleinen Hintern gewaschen und verbunden hatte, ins Bett.

Während der sechs Monate, die ich bei diesem Unternehmer für alles blieb, schlief ich wohl nicht zwanzig Nächte in meinem eigenen Bett. Das will sagen, dass ich die ganze Zeit unaufhörlich gepeitscht und gevögelt wurde.

Wir befanden uns auf der Nischnij Nowgoroder Messe und hatten soeben ein Ballett getanzt, als der Direktor mir sagte, dass ein Klient mich im Salon erwartete. Ich dachte, dass es irgendein Wüstling sei, und verfluchte im Stillen den Niederträchtigen, der mir keinen Augenblick der Ruhe gönnte, denn die Aussicht, am hellen Tage gepeitscht zu werden und während der folgenden Vorstellung mit Feuer im Hintern zu tanzen, erschien mir nicht besonders angenehm.

Sie können sich denken, wie überschwänglich meine Freude war, als ich meinem alten Freunde, dem Gardeleutnant, der inzwischen zum Hauptmann befördert war, gegenüberstand. Trotz meiner Entwicklung hatte er mich sofort wiedererkannt und knüpfte die alte Bekanntschaft mit meinen Reizen wieder an, indem er meinen nackten Busen und meinen Popo tätschelte.

Da der Salon aufs Komfortabelste eingerichtet war, brauchte er seine Lust auch nicht lange zu zügeln. Er

zog mir das Trikot ab, und als er die prachtvolle Aus-
dehnung des schwarzen Waldes sah, stieß er einen Ruf
des Erstaunens aus und vergrub seine Finger tief in
dem reichen Vlies. Dabei konstatierte er gleichzeitig,
dass auch der Bewohner an Größe und Dicke zugenom-
men hatte.

Rücklings musste ich mich auf ihn setzen. Mein
breites Hinterteil stand an beiden Seiten weit über seine Schenkel hinaus, und während er in meinem feisten
Fleisch wühlte, fing ich die rollenden Bewegungen an,
wie früher bei dem Großfürsten. Diese neue Fickart
erschien ihm ausgezeichnet, umso mehr als auch schon
meine Hinterbacken zu zucken begannen und damit
nicht aufhörten, bis das Spiel beendet war.

Er war so zufrieden, die Perle der Fickerinnen, wie
er mich nannte, wiedergefunden zu haben, dass er mir
sagte, ich solle binnen kurzem durch eine große Überraschung erfreut werden. Ich solle nur meinen Direktor zu ihm schicken, mit dem er zu sprechen habe. Was
wurde dort verhandelt? Ich weiß es nicht, doch nach
zwei Stunden brachte ein Wagen mich nach längerer
Fahrt außerhalb der Stadt zu einem kleinen Schlösschen, welches inmitten eines alten, schön gepflegten
Parkes lag. Ich ahnte nun schon, wem es gehörte, und
wirklich war mein Gardekapitän der Besitzer. Um mich
für sich allein zu besitzen, hatte er mich dem Direktor
um einen hohen Preis abgekauft.

»Mariska«, sagte er, »du bist jetzt meine Skla-
vin und hast mir zu gehorchen, wie der Hund seinem
Herrn, oder nimm dich vor der Peitsche in Acht.«
Dabei ließ er sie durch die Luft pfeifen, doch seine la-

chenden Augen straften seine Worte Lügen. Niemals hat er eine ergebenere Sklavin gehabt, die so erfinderisch in der Verdoppelung seiner Wollust, so geschickt im Erregen seiner Begierde war, die vor Vergnügen zitterte, wenn er sie im Liebeskampf wie der Hengst die Stute biss. Er, der mich meinem Elend entrissen hatte, war mein Abgott, den ich auf Knien anbetete. Ehe unsere Liebesraserei begann, fing das Vorspiel stets damit an, dass mein Liebhaber mir mit der Hand den Popo tüchtig anwärmte. Nicht selten war es, dass ich schon dabei mehrmals in Taumel geriet und dass auch er mir den Saft in mein Vlies spritzte, sodass wir uns vor der Fortsetzung säubern mussten.

Oft legten wir uns am Nachmittag ganz nackt auf ein Himmelbett, in dessen Baldachin und Fußende Spiegel eingelassen waren, welche alles, was sich im Bett abspielte, reflektierten. Dann lag ich meistens oben, damit mein Liebhaber nichts von dem lebenden Bilde verliere. Meine schwellenden Brüste, mit den angeschwollenen, harten, spitzen Warzen rieben sich an ihm, und er hatte die Schenkel so fest aneinandergepresst, dass sein Sack obenauf lag, und da meine Arschbacken und Dickbeine sich darüberspreizten, konnte er deutlich sehen, wie sein Schwanz langsam in das lechzende Vötzchen eindrang, dessen klaffende Lippen ihn verschlangen.

Dann bat ich ihn selbst, meinen Popo ordentlich zu klatschen. Anfangs schlug er nur langsam zu, aber bald packte ihn die geile Wut, und aufgestachelt von dem wollüstigen Bilde, das er in den Spiegeln sah, versetzte er mir schallende Hiebe, die meine Hinterbacken röteten und unter denen ich mich wie eine Verdammte wand. Je schreiender jedoch der Schmerz war, desto größere Wonne genoss ich.

Wenn dann mein Hintern zuckte und auf dem Schwanz hüpfte, hielt er mit Schlagen inne und zerrte mit beiden Händen meine Hinterbacken auseinander, bis er das kleine, dunkle Loch im tiefen Tal erblicken konnte. Sobald er innehielt, schrie ich: »Stärker, noch stärker, peitsche mich bis aufs Blut!«, denn in solchen Augenblicken höchster Rage duzte ich ihn. Dann schlug er so stark zu, dass oft Blutstropfen aus meinen dicken Hinterteilen quollen. Dabei sprang ich auf und nieder, wie besessen, und mein Hintern zuckte konvulsivisch, meine Brustwarzen waren steif wie Lanzenspitzen, und mein ganzer Körper glühte vor großer Lust.

Auch meines Partners Vergnügen war so groß und intensiv und sein Schwanz unermüdlich. Unbeweglich lag er unter mir, die Augen zum Betthimmel empor- geschlagen und in die Betrachtung meiner geröteten Hinterbacken versunken, die zwei- bis dreimal vor Wollust zitterten, ehe sein Glied einmal spritzte. Diese Verzögerung des Ergusses verlängerte auch das Ver- gnügen … wenn es dann aber endlich kam, empfand er das Paradies auf Erden.

Vierzehn Tage blieben wir in diesem Schlösschen, dann erfolgte seine Versetzung nach St. Petersburg. Er nahm mich in seine neue Garnison mit, doch konnte er mich unmöglich bei sich behalten. So ließ er mir eine kleine Wohnung in einem Vorort möblieren, und dort besuchte er mich ab und zu bei Tage oder auch in der Nacht, wenn der Dienst es ihm gestattete.

Eine Kammerfrau, die meine Wohnung und Wäsche besorgte, bediente mich. Sie hatte eine kleine Kammer am Ende des Korridors. Damit sie mich aufmerksam und sorgfältig bediene, gab mein Liebhaber ihr hohen Lohn. Unser Essen wurde uns aus einem benachbarten Restaurant geschickt, obgleich sich auch in unserer Wohnung eine vollständig eingerichtete Küche befand. Diese angenehme Existenz führte ich wohl ein Jahr.

Am Ende desselben besuchte mein Liebhaber mich seltener. Er stand im Begriff, sich zu verheiraten. Was sollte aus mir werden? Sorgen um meine Zukunft quälten mich. Welches Los erwartete mich? Ich hatte meinen Abgott aber zu lieb, um ihn meine Unruhe merken zu lassen.

Er aber hatte mir inzwischen die größte Überraschung bereitet, eine solche, bei der ein ganzes Menschenleben zu kurz ist, seine Dankbarkeit zu beweisen. Er schenkte mir die Freiheit.

Bei dieser Ankündigung ergriff mich so tiefe Bewegung, dass ich keinen Laut des Dankes stammeln konnte. Er sah, wie ich erbleichte, und fing mich in seinen Armen auf, als ich in Ohnmacht fiel. Aber rasch genug erlangte ich meine Besinnung wieder, denn er hatte Kleid und Korsett aufgeknöpft und liebkoste meinen Busen, an dessen Wärzchen er abwechselnd sog, worauf sie in seinem Munde steif und spitz wurden.

Unser Abschied verlief in einem ununterbrochenen Delirium. Alles, was Geilheit und Wollust ersinnen können, um das Liebesfeuer zu entflammen, wurde von uns durchgemacht, und nicht eher trennten wir uns, bis wir beide in einen Zustand vollständiger Erschöpfung gesunken waren. Als er ging, ließ er auf dem Tische ein unverschlossenes Kuvert und eine Börse zurück. Das Kuvert umschloss meine Freiheit, in der Börse steckte ein Vermögen, wenigstens für meine Verhältnisse. Sie enthielt tausend Rubel in Gold und Papier.

Später sah ich auch noch auf dem Nachttischchen einen Brief, den ich vorher nicht bemerkt hatte. Darin lag der auf ein weiteres Jahr verlängerte Kontrakt meiner Wohnung und eine Anweisung für diese Zeit auf den Lohn der Dienerin sowie unsere Beköstigung im Restaurant. Mein Herr war reich, das ist wahr, aber welcher Mann, der so großmütig war, einer Leibeigenen, die er zu gutem Preise hätte wieder verkaufen können, die Freiheit zu schenken, hätte wohl die Großmut so weit getrieben, ihr auch noch ein kleines Vermögen zu schenken und für ihren Unterhalt zu sorgen. Oh! Mein ganzes Leben hindurch werde ich ihn dafür segnen.

Nachdem ein Monat verstrichen war, begann ich über meine Zukunft nachzudenken. Tausend Rubel waren kein unerschöpfliches Kapital und so hieß es, sich nach einem Erwerb umzusehen.

NUN HALTE ICH DAS HEFT

Zunächst gab ich Tanzstunden, die ein ganz hübsches Einkommen abwarfen, denn ich erlangte allmählich den Ruf einer guten Lehrerin. Nun hatte mein Hintern nicht mehr unter der Nagaika zu leiden, denn jetzt hielt ich das Heft in den Händen. Ich verklatschte aber die Hinterteile meiner Schülerinnen mehr mit der Hand, als dass ich sie geißelte. Ich muss gestehen, dass ich die Bestrafung mit der Hand lieber vornahm, da ich dann fühlte, wie das zarte und frische Mädchenfleisch unter meinen Fingern zitterte, hauptsächlich, wenn diese runden vollen Popos über meinen Knien lagen und zum Gefühl der berauschende Anblick trat. Wie schön ist es doch, wenn das gewölbte Lilienbeet sich unter unserer Hand rötet, wenn wir fühlen, wie das Fleisch wärmer wird, wenn das angstvolle Zittern des schmerzenden Hintern sich unseren sensitiven Nerven wie durch ein elektrisches Fluidum mitteilt.

Ich habe auch keinen Popo geschont, mochte er noch so zart und empfindlich sein, und wenn ich gar zwei Hinterteile nacheinander strafen musste, war das zweite sicher röter aus meiner Hand hervorgegangen als sein Vorgänger. Nicht selten verlor ich außer meiner Kaltblütigkeit noch etwas anderes.

Einige Herrschaften ließen mich am Vormittag in ihre Behausung kommen, wo ich ihrer Dienerschaft, der männlichen wie der weiblichen, oft in ihrer Gegenwart Unterricht geben musste. Dabei geriet mir eine Unzahl von Korrektionsinstrumenten in die Hände. Klopfpeitschen mit Lederriemen, mit einfachen oder Knotenstricken, Ruten, Besen von Buschwerk und Nesseln, Weidengerten, Reitpeitschen, kurzum alles Mögliche, was raffinierte Grausamkeit zur Qual ihrer Opfer erfunden hat.

All dies tanzte dann solange auf den nackten Hinterbacken und Schenkeln der Leibeigenen umher, bis es der Herrschaft gefiel, mir ein Zeichen zum Aufhören zu geben. Während meiner Tätigkeit als Tanzmeisterin hatte ich auch außerdem noch manchmal einen kleinen Extraverdienst.

So fiel gelegentlich einer meiner Lektionen das Auge eines reichen Bojaren auf mich, welcher mich bei der Arbeit gesehen hat. Für die Berechtigung, mir den Hintern zu verklatschen und mich nachher zu vögeln, bot er mir fünfzig Rubel. Ich zögerte scheinbar, obgleich ich mich innerlich vor Sehnsucht danach verzehrte, denn der Bojar war ein schöner Mann, der einen prächtigen Schwanz haben musste. Fünf Minuten fitzte er mich nach Herzenslust zwischen seinen Schenkeln.

Als er mich dann vögelte, stand ihm der starke Schwanz wie einem Karmeliter, und ich wand mich die ganze Zeit unaufhörlich unter ihm, denn seine Hiebe hatten mein Blut in Wallung gebracht. Hierauf ergriff ihn die Lust, mir seinen brennenden Schwanz zwischen die Hinterbacken zu schieben.

Diese Phantasie kostete ihm zwar hundert Rubel, aber trotzdem sagte er mir beim Abschied, dass er mich betrogen habe, denn seine Wollust sei nicht mit tausend Rubel zu teuer bezahlt. Wirklich hatte sich mein Körper dabei ohne Unterlass gedreht und gewunden, und bis zum Ende der Reise waren das geile Wiegen meines Popos und der Druck seines Schließmuskels ein lebhafter Sporn für meinen Renner gewesen.

Ein Jahr nach dem Abschied von meinem Gardeoffizier hatte ich, dank seiner Freigebigkeit und meinen gut bezahlten Lektionen, eine genügende Summe beisammen, um auf meine Kosten eine kleine Balletttruppe ausrüsten zu können.

Ich mietete in einer Vorstadt St. Petersburgs ein kleines allein gelegenes Häuschen, welches Vorgarten und Hof besaß. Dann hatte ich fünfundzwanzig Mädchen erworben. Eine immer voller und üppiger als die andere. Ich hatte sie zuerst auf ein Jahr gemietet, mir aber das Recht vorbehalten, sie nach Ablauf dieser Zeit zu festgesetzten Preisen anzukaufen, wenn sie für mein Fach tauglich wären.

Ein Ballettmeister, der den Übungen beiwohnte und die Tänzerinnen ins Theater begleiten musste, wohnte nicht im Hause, da ich mir unbegrenzte Freiheit meiner Bewegungen sichern wollte. Außerdem hatte ich zwei Gehilfinnen, zwei Aufseherinnen, eine Köchin und ein Abwaschmädchen sowie einen Kutscher und einen jungen Groom, welche meine Pensionärinnen in zwei großen Omnibussen zum Theater brachten.

Alle waren ohne Ausnahme meiner Fuchtel unterworfen, selbst der Kutscher, ein strammer Kerl von 26 Jahren. Eines Abends betrank mein Kutscher sich bis zur Bewusstlosigkeit, sodass ich ihn von einem anderen vertreten lassen musste. Am nächsten Tage schickte ich ihn in die Küche, wo ich ihm in Gegenwart des weiblichen Dienstpersonals Vorwürfe über seine Trunkenheit machte. Da er eine Geißel in der Hand sah, ahnte er wohl, was ihm am Hintern hing.

Er musste sich über einen Stuhl legen, und ich befahl ihm, die Hosen abzuziehen. Er tat dies mit einem Eifer und einer Bereitwilligkeit, dass man hätte glauben können, das Kommende sei für ihn eine Lustpartie. Er warf selbst sein Hemd über die Lenden zurück und bot seinen harten, festen Arsch den Knotenstricken dar.

Ich geißelte ihn mit einer Strenge, wie ich sie bei den zarten Mädchenpopos niemals anwandte.

Bei diesen gebrauchte ich stets nur die mildere Lederklopfpeitsche. Ich hieb auf seine Hinterbacken, wie ich es von der grausamen Gräfin gesehen hatte, welche die Stricke zuerst ein paar Mal in der Luft sausen ließ und dann erst zuschlug, wobei die gespreizten Stricke sich über die ganze Oberfläche verbreiteten, welche sichtlich anschwoll.

Bei jedem Schlage schnellte sein Glied zwischen den Schenkel auf und ab. Bei der Langsamkeit, mit der sie aufgezählt wurden, dauerte es wohl eine Viertelstunde, bis er alle sechzig, die ich ihm zudiktiert hatte, erhalten hatte. Während dieser langen und schweren Züchtigung hatte er jedoch keinen Schrei ausgestoßen, aber bei den letzten Schlägen ging es ihm, wie seinerzeit Iwan sein Hintern zuckte, und sein Schwanz, der unbeweglich aufrecht stand, spritzte seinen Saft im hohen Bogen aus. Nur war die Fortsetzung der Affäre keineswegs die gleiche, wie bei meinem Jugendgenossen.

Denn während sich dieser später der Gunstbezeugungen der Bojarin, die an seinem außerordentlich strammen und unermüdlichen Schwanz Gefallen gefunden hatte, erfreuen durfte, fühlte ich nicht das mindeste Verlangen, meiner früheren Herrin nachzuahmen. Auch konnte das Glied meines Kutschers sich nicht im entferntesten mit demjenigen Iwans vergleichen. Im Fortgehen warf er mir einen Blick zu, in dem nichts von Hass des gepeitschten Dieners schimmerte, im Gegenteil, es glänzte darin wie Erkenntlichkeit. In der Folge hütete ich mich jedoch, einen Mann vor

Frauenaugen zu peitschen, denn alle, selbst meine vierzigjährige Köchin, hatten dunkelrote Wangen, und ihre Augen leuchteten vor Geilheit.

Zu den Übungen hatte ich ein kleines Orchester von sechs Mann gemietet, welche wohl mehr kamen, um sich am Anblick der nackten Reize der Tänzerinnen zu ergötzen, als um Geld zu verdienen, denn ich besoldete sie nur mangelhaft. Ich glaube, sie wären auch gekommen, wenn ich gar nichts bezahlt hätte.

Auch junge leibeigene Mädchen wurden mir zum Unterricht von ihren Herrinnen gebracht oder gesandt, wenn diesen die Phantasia kam, der choreographischen Erziehung ihrer Dienerinnen beizuwohnen. Ebenso kamen Mütter mit ihren Töchtern, denen ich Lektionen erteilen sollte. Zu den Übungen lieh ich die nötigen Kostüme, und unter der Aufsicht einer Garderobenfrau konnten meine Zöglinge sich in einem Nebengemach umkleiden.

Nur die Eltern und Herrschaften meiner Schülerinnen oder Delegierte derselben hatten das Recht, den Übungen beizuwohnen. Es gab sogar Herren und Väter, die ihre Dienerinnen und Töchter zu mir brachten, um das Recht zu haben, die nackten Reize der anderen zu betrachten und welche oft nach der zweiten oder dritten Stunde ausblieben.

Ich bemerkte es wohl, doch war es mir sehr gleichgültig. Mir war die Hauptsache, recht viel Schülerinnen zu bekommen, dann hatte ich erstens hübsche Einnahmen und zweitens genügend Hinterteile zum Klatschen. Denn die Wollust, welche ich beim Peitschen hübscher, runder, voller Mädchenärsche empfand, wuchs mit jedem Mal – und am liebsten fitzte ich frisch Angekommene, deren Hinterteile für mich neue Früchte waren.

Ein Vater, ohne Zweifel war er es in Wirklichkeit nicht, führte mir eines Tages seine vermeintliche Tochter, ein großes Mädchen von zwanzig Jahren, zu. Sie hatte einen wundervollen Busen, der das ganze Korsett ausfüllte und noch daraus hervorquoll, sowie einen dicken, feisten Hintern. Ein Gebüsch rotblonder Haare schoss zwischen ihren kräftigen Schenkeln wie ein Flammenbündel aus der Öffnung eines Kraters hervor. Ihr Vater bat mich, ihr einen zierlichen Gang beizubringen und es dabei an schlagender Ermunterung nicht fehlen zu lassen.

Mein kleines Orchester stimmte eine Polka an, aber die neue Schülerin war so verwirrt, dass sie nicht einmal diese einfachen Pas im Takt ausführen konnte. Da ich die Klopfpeitsche schon in der Hand hatte, konnte ich der Versuchung, sie in Schwung zu setzen, nicht lange widerstehen.

Der hübsche, stramme Popo war ein zu großer Reiz für mein Gelüst, und so schlug ich denn zu, während meine Wollust bei jedem Hiebe wuchs. Doch bald mischte sich der Vater in das Spiel.

»Sie wissen den Hintern meiner Tochter nicht richtig zu behandeln«, sagte er. »Sie hat ein dickes Fell auf dem Arsch. Unter ihrer Hand hat sie nicht gemuckt, das sollen sie mal hören, wie gut sie unter der väterlichen Hand singen kann.«

Wirklich heulte die Gezüchtigte laut und verzweifelt bei jedem Schlage, den diese kräftlge Männerhand auf ihren dicken Hintern fallen ließ. So verabfolgte er ihr drei Dutzend Hiebe, die Hintern und Schenkel dunkelrot färbten. Während der stramme Popo dabei hoch emporsprang, kniff er die Beine zusammen, denn der Anblick dieses zuckenden Popos vollendete das Werk, welches bei meiner vorigen Arbeit beinahe bis zum Schluss gediehen war.

»Heute«, sagte dann der Vater, »wird man ihr nicht mehr viel beibringen können, doch soll sie nicht ganz nutzlos die Zeit verbringen und sich die Übungen wenigstens ansehen.«

Ich ließ sie also in der gewöhnlichen Stellung knien, das heißt den Zuschauern den nackten Hintern zudrehend. Dieser vorgebliche Vater hatte das Mädchen sicher irgendwo gekauft und sie zur Dirne gemacht.

Nun führte er sie in allen Übungssälen umher, von denen es in St. Petersburg eine ganze Menge gibt. Stets endete ihre Lektion, wie ich es soeben beschrieben habe, und fast immer fand sich ein geiler Wüstling, der dem Vater, der seine Tochter während der ganzen Übungsstunden zur Schau stellte, für ihren vorübergehenden Besitz einen angemessenen Preis bot. Übrigens ließ niemand sich von dieser Vaterschaft täuschen.

Sie musste regelmäßig am Anfang der Stunde üben, damit die Wüstlinge sich lange genug über den Wert der Ware orientieren konnten. So zog der Vater einen schönen Verdienst aus der Vermietung der Reize seiner Lustsklavin, der er alle möglichen Finessen beigebracht hatte.

Dieses Beispiel, der von der Hand des Vaters gezüchtigten Tochter, fand bald genug Nachahmer. Oft genug kamen die Mütter, um ihre Töchter zu fitzen, oder Herren, die sich damit amüsierten, ihren Dienerinnen einmal tüchtig den Popo zu verwamsen. Diese hätten gewiss meine leichte Hand der schweren eines Mannes vorgezogen, denn hier fiel dieselbe Dosis noch einmal so schwer aus.

Das bewiesen ihre rauchenden Arschbacken und ihr Jammergeschrei, welches die Musik übertönte und oft die Lektionen unterbrach. – So kam es selbst zwar um ein Vergnügen, doch hielt ich mich an den Hinterteilen derer Schülerinnen schadlos, welche von Dienerinnen begleitet waren, denen nicht das Recht zustand, ihre Genossinnen zu fitzen.

Einen Monat leitete ich schon das Ballett, als eines Tages ein vornehm aussehender Herr eintrat, der ein junges Mädchen von fünfzehn oder sechzehn Jahren an der Hand führte und dem unmittelbar auf dem Fuße eine Kammerzofe folgte. Aller Augen richteten sich sofort auf das hübsche, junge Mädchen, das wirklich von außerordentlicher Schönheit war und nun unter dem Kreuzfeuer der neugierigen Blicke schamhaft errötete.

Ihr Führer trat mit mir in eine Ecke, wo er mir als Einleitung sagte, dass er meinen Unterricht habe loben hören und entschlossen sei, mir die choreographische Unterweisung des jungen Mädchens anzuvertrauen. Er habe sie in einem Waisenhaus gekauft, wo sie alle Erzieher durch ihre Talentlosigkeit bei jeder Arbeit zur Verzweiflung gebracht habe. Vielleicht würde sie einiges Geschick zur Tanzkunst haben.

»Ich bitte Sie dringend«, so schloss er, »sie nicht mit schlagenden Gründen zu verschonen, sondern größte Strenge anzuwenden. Ich würde im Gegenteil sehr erfreut sein, wenn das Andenken an ihre erste Lektion recht lange bei ihr vorhielte.«

Aus der Röte des Mädchens und aus den Worten ihres Gebieters erriet ich, dass dieser sie nur öffentlich peitschen ließ, um ihren stolzen Charakter zu beugen und sie seinen Begierden gefügig zu machen. Mit diesen Feststellungen trat ich mit dem Mann in das Toilettenzimmer. Das junge Mädchen sah uns nicht, da von der Kammerfrau in diesem Augenblick das Kleid über dem Kopf gezogen wurde. Wir stellten uns so, dass das junge Mädchen uns nicht sehen konnte. Unsere Sinne erregten sich an der Entblößung der hübschen, jungen, unschuldigen Weiblichkeit.

Reizende französische Unterwäsche trug das junge Mädchen. Endlich stand sie in ihrer jugendlichen Mädchenhaftigkeit mutternackt vor uns. Die kleinen, festgeschlossenen Schamlippen lugten aus dem seidenweichen, blonden Schamdreieck hervor und verrieten mir, dass dieses Mädchen noch Jungfrau war. Das Übungskostüm war bald angelegt. Die prallharten Brüste standen aus den Büstenschalen heraus. Bei jeder Bewegung ihrer langen schlanken Beine präsentierte sich ihre keusche Jungfräulichkeit.

Dann trat das junge Mädchen im Übungskostüm aus dem Toilettenraum, Alles, was man an ihr von nacktem Fleisch sah, Gesicht, Busen, Nacken, Hintern und Schenkel war dunkelrot gefärbt. Die Scham, fast völlig nackt vor Zuschauern beiderlei Geschlechts dazustehen, trieb ihr die Tränen in die Augen. Ich musste sie an ihren Platz führen, während alle die nackten Reize dieses schamhaften jungen Mädchens mit den Augen verschlangen.

Es kostete keine Mühe, den Intentionen ihres Gebieters nachzukommen. Zwei Schritte machte sie vorwärts, dann blieb sie stehen. Ich nahm sie unter den Arm, denn es war nicht daran zu denken, dass sie sich freiwillig zurechtgestellt hätte, und fitzte ihr dann tüchtig die strammen, kugelrunden Popobacken, die zuckten und zitterten.

Darauf befahl ich ihr, weiterzugehen. Sie machte auch wieder zwei Schritte, warf sich dann aber lang aufs Parkett. Ich musste mich bücken, um ihr eine zweite Züchtigung auf die schon vorgearbeiteten Backen zu verabfolgen. Ich nahm dazu eine Nagaika, doch auch die Knotenstricke erzielten keinen besseren Erfolg als meine Hand. Ich erschöpfte mein Talent und meine Geduld.

Dieses Mädchen hatte nicht die geringste Ahnung, was eigentlich die Hiebe auf ihren jungen Popo bezwecken sollten. So erhielt sie fünfzig Schläge auf den Hintern und Schenkel, ohne einen Schrei oder eine Klage laut werden zu lassen, obwohl die ganze gegeißelte Partie dunkelrot leuchtete. Als das Mädchen dann aufstand, sah man, dass ihr hübsches Gesichtchen von Tränen überströmt war. Diese, bei einer Leibeigenen so selten vorkommende Schamhaftigkeit überraschte alle Zuschauer. Der Herr der Kleinen wollte jedoch nicht, dass man sie jetzt noch zur Schau stellte.

Er hatte eine eilige Angelegenheit vor, die ihn

fortrief. Unter dem Vorwande, mich zu bezahlen, ließ er mich in das Vorzimmer rufen, wohin mir die Waise und die Zofe folgten. Hier ließ er fünfzig Rubel in meine Hand gleiten und fragte mich leise, ob ich ein verschwiegenes Zimmer mit dem nötigen Zubehör habe.

Als Antwort öffnete ich ihm das sogenannte Karpfensprungzimmer, in welchem sich ein Fauteuil mit verborgenen Federklammern befand, dessen Sitz nachgab und dessen zuschnappende Klammer die Widerspenstige in dem Kaudinischen Joch festhielt und ihre Entjungferung, hauptsächlich im Übungskostüm, leicht und gefahrlos machte.

Nach der Lektion, welche zwei Stunden gedauert hatte, erkundigte ich mich bei der Wärterin, ob die Mieter des Versteckes dasselbe schon verlassen hätten. Diese bejahte meine Frage und zeigte mir einen Rubel, den sie als Trinkgeld erhalten hatte. Ich trat dann in das Gemach und konnte mich überzeugen, dass der Herr nicht nötig gehabt hatte, sich des Klammergestelles zu bedienen.

Die Betttücher, welche mit Blut bedeckt waren zeigten deutlich, dass das blutige Opfer der Jungfernschaft auf dem sonst Morpheus geweihten Altar dargebracht worden war. Da der Fauteuil nicht gebraucht worden war, wusste ich, dass ich diese beiden wohl nicht mehr wiedersehen würde.

Il n'y a que le premier pas qui coute, heißt das französische Sprichwort. Ist der erste Schritt getan, so sind die folgenden alle leicht. Und so wird es auch diese Kleine vorziehen, sich ihrem Gebieter im Geheimnis hinzugeben, als sich nackt vor fremden Zuschauern peitschen zu lassen.

Ich schließe meine Memoiren hiermit ab. Mein Geschäft floriert, mein Vermögen wächst, ich habe alles, was ich zur Befriedigung meiner Sinnlichkeit gebrauche. Schöne, steife Schwänze, die sich, wie der Ihrige, mein lieber Freund, so ausgezeichnet aufs Vögeln verstehen, Zungen – die lüstern an meinem Kitzler und Vötzchen lecken, und zu guter Letzt, stramme, runde und üppige Mädchenärsche, die ich nach Herzenslust fitzen, geißeln und ... peitschen darf ...

Möge es noch lange so bleiben ...

Ende

Die zwei Namensvetterinnen

Heiße Veranlagungen

»Es ist seltsam, dass es zweimal der Name Else in meiner Verwandtschaft war«, erzählte mir der gute Freund, »der für meine ersten geschlechtlichen Freuden Bedeutung gewinnen sollte. Zwei Cousinen, die eine mütterlicher Seite, die andere väterlicher Seite. Sattsam bekannt und gebräuchlich ist es ja, dass Cousinen bevorzugt gern von ihren Vettern als Versuchskarnickel auf erotischem Gebiet genommen werden.

Ehe ich die zweite Else, die weit entfernt wohnte, überhaupt kennenlernte, war es die andere, die noch vor schulpflichtigem Alter einmal in meinem Elternhaus zu Besuch weilte. Auch ich ging noch nicht zur Schule, wie ich mich zu entsinnen glaube, oder war ich noch nicht lange hineingekommen, jedenfalls stand sie mir im Alter nicht weit zurück. Meine Mutter, im Laden beschäftigt, hatte uns beide allein im Zimmer am Abendtisch auf dem Sofa gelassen, im Nachtkittel bereits, gewaschen und fertig fürs Bett. Wir sollten unsere Butterstulle zum zerkleinerten Apfel essen und die Tasse Milch dazu trinken. Nachher wollte sie eine Pause benutzen, wenn kein Kunde da war, und uns eine Treppe hoch zur Ruhe bringen.

Wie Kinder aber sind, trieben wir, unbeaufsichtigt,

allerlei Allotria zu unserem Abendimbiss. Am Ende weiß ich nur noch, dass ich meinem Cousinchen das Nachthemdchen bis über die Hüften hob und sie bäuchlings über die runde Sofalehne legen ließ. Ein rundes, feistes, weißes Ärschchen steht plastisch in meiner Erinnerung, auf das ich mich kurz entschlossen mit gehobenem Kittel nackt und im Spreizsitz niederließ. Elschen, die ein hübsches mildes Gesichtchen hatte, mit großen blauen Augen, kicherte und amüsierte sich. Jedenfalls hielt sie geduldig aus unter dem kleinen temperamentvollen Reiter, der tüchtig auf ihren warmen Arschbacken auf und nieder hopste. Offenbar tat es ihr so wohl wie mir. Und ich erzählte ihr, dass ich auf meinem Holzschimmel, nachdem er die Räder verloren hatte, ganz ähnlich bei uns durch den Hausflur geritten sei. Das habe mir wohlgetan. Vermutlich meinte das Kind den pressenden Druck an seinem Hodensack, der eine Vorahnung von Gefühlen gab, die schon als sexuelle Anfangserlebnisse bewertet werden mussten. Auf den warmen Fleischbacken der kleinen bereiten Cousine waren die Empfindungen noch verfeinerter und genussvoller. Das ist klar. Aber der Holzgaul hatte den kleinen Buben jedenfalls erst dazu verleitet, das Mädelchen nackt zu besteigen und das Experiment bei ihm zu wiederholen. Instinktiv pflegte er mit ihm geschlechtliche Spielerei, die von der Partnerin gleichfalls im Unbewussten als diese genommen wurde. Kein Wunder, wenn wir diesen Arsch- oder Poporitt so lang wie möglich ausdehnten und oft in aller Heimlichkeit wiederholten zu unserem steigenden Genuss. Mutter erwischte uns dieses erste Mal und auch künftig nicht.

Wir hatten beide eine Witterung dafür, im rechten Augenblick abzubrechen, oft als Mutter kurz darauf zu uns trat. Das Gefühl gab uns bei allem Verstand sehr wohl ein, dass wir etwas taten, was wir nicht durften! Unvergesslich ist es uns beiden geblieben, wenn wir auch erst sehr viel später in unserem Leben die sexuelle Beziehung zueinander wieder aufnahmen, als wir bereits längst erwachsene Menschen waren und ich schon einige Zeit glücklich aus dem großen Krieg 1918 heimgekehrt war. Doch davon nachher.

Zuvor hatte mich im Elternhaus zur ersten Friedensweihnacht die andere Cousine mit ihrem Bruder in der Feiertagsfrühe ganz unerwartet überrascht. Scharf, wie alle zurückgekehrten Jungen und im harten Erleben jäh gereiften Männer, voller Lebensbegehr, sah ich das hübsche Mädchen mit dem schlanken, geschmeidigen und aalglatten Wuchs, indes voller, hoher Brüste, mit wollüstigen Gefühlen an, auf die es nach seiner Veranlagung eingestellt war. Zog Elschen sich die Schuhe an, so kreuzte sie ungeniert die schönen Beine und ließ mich in der Spreize ihre vollen Schenkel in der offenen Spitzenhose, wie sie da noch getragen wurde, stellenweise splitternackt sehen, ja noch mehr, die behaarte Votze – kaum zu glauben!! – wenn sich das Hemd verrutscht hatte.

Mangels anderer Gelegenheit bei dem nur einen geheizten Zimmer, in dem die ganze Familie sich aufhielt, folgte mir Elschen manchmal in die Küche, wo die Temperatur von Mittag noch etwas überschlagen war, und nahm ohne große Umstände beim geilen Präsentieren mein steifes Glied zwischen die blutvollen, sinnlichen Lippen ihres breiten Mundes und nuckelte tüchtig daran zu meiner unaussprechlichen Wonne, während meine Hand ihr ungestüm und zügellos unter die Röcke griff an die mächtige Schnecke, dass sie mich trunkenen Auges noch lange danach und eigentlich immer ansah, wenn sich unsere Blicke begegneten. Alles geschah freilich auf den Raub, immer gewärtig, dass einer unvermutet zu uns in die Küche träte.

In der Nacht nach dem Zubettgehen aller, war das schon etwas anderes. Da hieß ich das große, scharfe Cousinchen von der Vaterseite auf der Sofalehne die Hose am besten gleich ausziehen und die so vollständig freigelegten dicken, hohen, schönen Schenkel spreizen, dass auch das Vötzchen inmitten seines kräftigen Bartes klaffte, und probierte die ersten Stöße in meinem Leben bei ihr, ja überhaupt. Und stellten wir uns beide auch noch ungeschickt an, der Erregung und Wonne war es eine so unaussprechliche, dass wir auch ohne eigentlichen Fick reichlich auf unsere Kosten kamen. Wir hatten beide eine schreckliche Angst vor dem Kind und waren dazu den ganzen geschlagenen Tag zuvor und danach derartig erregt, dass uns dauernd das Liebesbörnlein sickernd und tröpfelnd lief und uns natürlich derart schwächte, dass es uns zum tiefen, harten, brutalen Stoß im gegebenen Moment an Steifheit und Bereitschaft bei aller beiderseitigen Jugend tatsächlich nicht recht langte. So war es im Grunde alle Nächte ein Vögeln zum Schein und zum Spiel, mehr im guten, leidenschaftlichen Willen als in der Tat, wenn auch Stunden darüber vergingen. Aber wir lernten viel dabei, und das begehrliche Cousinchen war mir ein guter und praller Anschauungsunterricht. Sie hatte Fetzenbeine, eine prächtige, rotblonde Schnecke und einen üppigen Arsch. Auch ihre Heidenbrüste stellte sie nicht unter den Scheffel, sondern legte sie vollständig frei. Ihr Lutschen an meinem Schwanze befriedigte mich dazu restlos und oft, und mein fleißiges Fingerspiel bei allen möglichen Gelegenheiten bei ihr zwischen den Keulen ließ sie den reinsten Bauchtanz jedes Mal leidenschaftlich aufführen, ehe sie entladend zusammenbrach ...

Was ich bei dieser Else erfahren, beutete ich Monate später bei der Else meiner Kinderfreundschaft genießerischer aus, als uns eine Gelegenheit des Alleinseins für einen Nachmittag in ihrem Elternhaus vergönnt war. Im Parterre unterrichtete sie Bauernmädels im Nähen. Dazwischen aber huschte sie herauf zu mir und ließ sich die Hose von mir ausziehen. Sie hatte sich in den vielen Jahren seit unserer Kindheit zu einem Weib entwickelt, das, hoch gewachsen, oben nur flache Uhrschalen als Spielbrüstchen hatte, unten aber ein Paar Schenkel, die in ihrer gewaltigen Rundung wohl weit mehr als das halbe Körpergewicht ausmachten, denn ihr Leib war wieder schmal und flach, einem Kinderleib gleich. Die abnormen Gliedmaßen waren bezeichnend für ihr Geschlechtsgefühl, das ebenso ungeheuerlich ausgeprägt war. Sie reichte mir ein Präservativ nach dem andern in ihrer raffinierten Veranlagung und ließ es mich in ihrem engen Loch vollpumpen, während ich ihren vollen Arsch heiß umschlungen hielt. Manchmal rief bei den hochsommerlich offenen Türen eine Mädelstimme von unten, wenn Else etwas länger aufgehalten war, und wollte etwas wissen, da erwiderte sie mitten im schönsten, halbstöhnenden Ritt mit verfärbtem Stimmklang und gab Bescheid oder bat um eine Minute Geduld, da sie im Augenblick nicht wegkönne. Wir feixten uns dazu an und schickten uns zum wer weiß wievielten Male in den seligen Taumel tiefster sexueller Erschöpfung. Ich erinnerte sie dabei an das gerittene Kinderärschchen. Da lächelte sie gerührt zu der Harmlosigkeit und empfahl mir, sie ruhig hinten einmal etwas zu stochern. Wir gaben uns die erdenklichste Mühe, aber der Arschfick gelang uns da noch nicht.

»Es braucht ja nicht in allem ausgerechnet dein Cousinchen zu sein, Vetter«, schmeichelte sie, »das dich die hohen Künste lehrt oder du ihm. Aber in die Schnauze darfst du mir darum ruhig eine Nummer jagen, wenn du noch fähig bist dazu ...!«

So gut wie völlig ausgebeutet, steigerte sie auf diese Weise die Leistung bei mir noch und konnte anschließend mit gutem Recht mein Zungenspiel für ihre unersättliche Votze beanspruchen. Wir zählten die Nummern nicht und hätten sie einer dem andern auch nicht geglaubt, wenn es nicht die mächtige Lücke in dem Dutzend Präservativs eindeutig zuletzt ausgewiesen hätte.

»Eine schöne Lehrmeisterin!«, machte sie, zufrieden, sich selbst lustig über ihre Person, als sie sich, mühsam gestrafft und ganz Dame, wieder zu ihren Mädchen begab, indes sie mir Ruhe empfahl.

Unvergesslich zuletzt noch der Jux, den sie sich mit einer ihrer Schülerinnen leistete, als diese die ländliche Einfalt, dick und stramm, zu mir heraufschickte, sich stolz in ihrem ersten selbstgeschneiderten Höschen mir vorzustellen! Als meine Hand der Aufjuchzenden zwischen den festen, schönen Beinen im nackten saß, da klang vervielfältigt das Echo aus den frischen Mädchenkehlen von unten zum gelungenen Streich.

»Aber verraten wird darum nichts!«, schärfte ich dem Mädel ein, als es wieder nach unten ging. »Wer neugierig ist, der möge sich die Kenntnis des Intimen selber bei mir holen!«

Und was ist zu sagen! Buchstäblich eine um die andere erschien, meinen Handschlag verweilend an der Votze entgegenzunehmen und mit ihrem Juchhe die Vorgängerin zu übertreffen. Nur eine einzige stöhnte in langgezogenen Wonnelauten viele Pulsschläge lang, dass es keinen anderen Eindruck vermittelte, als ob sie süß gevögelt würde, und damit den Trumpf über alle führte, und diese eine und letzte war keine andere als E l s e , das liebe Cousinchen!

Keine spätere Begegnung brachte wieder das Glück mit den beiden Göttinnen gleichen Namens. Es hatte sich verausgabt und haftete umso nachdrücklicher in der Erinnerung bis auf den heutigen Tag.

Frisch gewagt, ist halb gewonnen ...

Ein erotisches Husarenstückchen

Die Frühzüge waren von Berufstätigen gedrängt voll, dazu zu jener Zeit noch unbeleuchtet. Da ich auf der Station einstieg, wo der Zug eingesetzt wurde, hatte ich die Vergünstigung gehabt, einen Sitzplatz zu bekommen. Unterwegs wurde die Menschenfülle mit jeder Station größer.

Zwischen meine Beine war im Gewühl ein junges Mädchen geschoben worden, das ich im Aufblitzen der Stationslampen als hübsches Kind erkannt hatte, wie umgekehrt sie mich wahrscheinlich huschartig auf meinen äußeren Eindruck hatte ausmachen können.

Nach meiner Gewohnheit, die Hände auf das Knie zu legen, bekam ich den kurz pendelnden Rock der hochbeinigen Schlanken auf meinem Handrücken zu spüren, als kitzle und kose er mich in neckender Laune. Auf alle Fälle war es eine Anregung, die ins Blut fuhr.

Als der Zug anruckte und die Passagiere, darunter viele Fabrikmädels, juchzend und kreischend ins Wanken kamen, packte ich entschlossen zu und bekam die hohen, kräftigen Säulen zwischen mir über den Knien nackt zu fassen. Das herzhafte Geschöpf trug bei aller Kühle der Jahreszeit Kniestrümpfe.

»Jetzt wäre ich weiß Gott glatt umgeschlagen«,

schrie es im ausgelassenen Tumult seiner Clique, »hätte mich der junge Mann nicht sooooo festgehalten!«

Ich lauschte auf bei dieser Unbefangenheit, aber mehr noch unverkennbaren Angeregtheit, die mich dazu jünger ansprach, als ich in Wirklichkeit war. Ich packte ermutigt fester in das volle Fleisch und ließ die Finger gar nicht mehr davon los. Das Mädchen duldete es. »Das wäre noch schöner«, sprach ich es frohgemut an, »wollten wir uns nicht gegenseitig stützen! Was ich habe, das halte ich, darauf können Sie sich verlassen, Fräulein!« Und meine Griffe saßen höher an den wachsenden Konturen.

»Das merke ich, Mann!«, kicherte die Schöne mit erhobener Stimme.

»Pst! Pst!«, scherzte ich zum Schein des Harmlosen. »Fräulein, das lässt man doch niemanden wissen …!«, fuhr ich in heimlichem Tone fort.

Man lachte ringsum wie zu einem Spaß.

»Im Dunkeln ist gut munkeln!«, bekräftigte das Mädel schlagfertig voll sprühender Laune.

Im gleichen Augenblick hatte es meine tastende Hand schon oben am Schoß. War es Plunderwäsche oder der Schlüpfer kaputt, was weiß ich, keine Seltenheit zu dieser schrecklichsten Notzeit, ich fühlte spreizendes Geflecht unter den Fingern, dass mich beinahe selber ein Schreck befiel, wie er in einem Juchzer aus der Mädchenkehle stieß. Weder das eine noch das andere hatte ich erwartet, wenn ich mich davon auch nicht beirren ließ und versteckt den Griff an der Votze beibehielt.

»Huch – nein, Fräulein!«, wurde ein Echo im Abteil laut. »Muss das schön sein!«

Die Mädels ringsum schrien vor derbem Vergnügen.

»Nur kein Neid, wer hat, der hat!«, zeigte die Ausgezeichnete wieder volle Beherrschung.

»Das meine ich auch!«, bestätigte ich seelenruhig und krabbelte die unbekannte Schnecke völlig ungestört. Mein steifer Hahn rumorte darüber nicht schlecht. Ich wäre fähig gewesen, ihn herauszuziehen und das Mädchen darüberzustülpen. Doch ich musste wissen, wie weit meine Partnerin fuhr! Die Stationen folgten kurz aufeinander. Nur zwischen der vierten und fünften war ein etwas größerer Spielraum, der für ein solches Husarenstückchen der geeignete wäre. Ich spielte bereits mit dem Gedanken. Aber die gleiche Station war für mich der Umsteigebahnhof. Zum gegebenen Moment müssten wir beide das Abteil verlassen und könnten uns über einen unbemerkten Seitensprung verständigen. Aber der Reiz wäre es nicht, wie hier im Eisenbahnwaggon mitten unter den Passagieren!

Die Mädelschenkel vibrierten und schlugen zwischen meinen Knien, bestärkt von den regelmäßigen Stößen des rollenden Zuges. Gepufft von einer jähen Bewegung im Gedränge, saß das Mädel auf einmal auf meinem Schoß. Gleich hielt ich es fest. »Das hat uns noch gefehlt!«, lachte ich.

Aber auch sie selbst war gar nicht willens aufzuspringen, als wir in die Station einliefen. »So bin ich doch noch zu meinem Sitzplatz gekommen!«, triumphierte sie.

»Du bist ein Luder!«, meinten ihre Kolleginnen.

»Macht's doch nach!«, erwiderte sie frech. Weder sie noch die andern machten Miene auszusteigen. Im Gegenteil, andere Leute stiegen zu, dass es eine beängstigende Drückerei gab.

Für mich war die Erkenntnis maßgebend, dass nunmehr die längste Fahrstrecke mit der großen Chance vor uns lag, wenn ich letztere riskierte. Es hieß mit anderem fort: den Arsch riskieren!!! Ich flüsterte meinem Schoßgast etwas ins Ohr ... Und augenblicklich reagierte er.

»Herrje!«, erhob sich der Racker rasch. »Platzt mir da mein Strumpfhalter doch!« Rafft den Rock im letzten verglimmenden Lichtschimmer der Station, indes ich mir im nächsten Augenblick geistesgegenwärtig in der eintauchenden Finsternis den Hosenstall aufreiße und die Lanze bereithalte. Denn des Mädels Bemerkung war eine Ausrede. Blitzartig waren mir seine Kniestrümpfe eingefallen. Und wirklich hat es unter diesem Vorwand nur die Schnecke freigelegt, setzt sich langsam nieder mit tastender Hand und begegnet darüber der meinen geschickt entgegenkommenden mit dem starren Pflock, ohne dass man rechts und links und ringsum auch nur das geringste ahnt, vom Sehen überhaupt nicht zu sprechen bei dieser Stockdunkelheit, alles fühle ich nur und fühlt es sie, so wie wir uns kaum ins Ohr verständigt haben bei dem siedenden Wollustempfinden nach dem vorangegangenen Spiel: »Bahn frei, Mädel, ich fahre ein ...!« Und so geschieht's jetzt, wie wahnsinnig allein schon der Vorsatz war! Aber ich habe da scheint's meinen richtigen Gegenpol gefunden. Ich spüre die Schamlippen am Eichelkopf feucht und warm, werde von den Fingern der Teufelin sicher geleitet und tauche ein mehr und mehr unter der Schwere ihres Sitzes auf mir, während von ihrem Munde eine Schlagermelodie säuselt, die die andern Mädels aufgreifen und nun im ganzen Chor singen: »Die Fischerin vom Bodensee ist eine schöne Maid, juchhe ...« Der Gesang enthebt uns allen verschleiernden Bemerkungen und lässt uns ganz in unseren Genuss versenken. Der Fahrtrhythmus kommt zu dem der feurigen Leiber und ihres Blutes hinzu. Die Hauptbewegung ist bei meiner Reiterin, natürlich, während ich in der Sitzstellung mehr der passive Teil bin, der ruhende Block gleichsam, auf dem die junge Fabrikgöttin gleichsam ihr Priapsopfer bringt, um nach der Zeichnung von Vivant Denon des klassischen Altertums zu reden. Atemhast und Unrast des Körpers über den hochgehenden Empfindungen gehen unter in Ausgelassenheit und Temperament des leidenschaftlichen Schlagerliedes der Korona, sodass die natürliche Ablenkung für die Umsitzenden und Umstehenden gegeben ist, selbst als wir entladen und das Mädel wie verrückt auf mir herumhopst. Tanzen die andern nicht ähnlich ungebärdig, so weit es das Menschengedränge zulässt! Frei von jedem Verdacht vögeln wir uns aus und lassen die Ströme verrinnen, bis wir glauben, dass wir uns nicht mehr die Wäsche besudeln werden. Trotzdem führe ich das Taschentuch geschickt bei mir und bei ihr, als es zur Lösung der Geschlechter und dem Ordnen der Kleider kommt über dem beginnenden Aufbruch im Abteil bei dem langsam sich nähernden

Eisenbahnknotenpunkt, wo auch der Mädelkreis seine Arbeitsstätte hat.

Mancher wird sagen, er hätte nicht die Ruhe zu diesem Husarenstückchen gehabt, um auf den Genuss zu kommen oder überhaupt einen Reiz daran zu empfinden. Ich habe unter gewagten Umständen mit nur um so tieferem Gefühl und auch hier meinen Fick genossen. Und wenn es dem unbekannten Mädel nicht ähnlich ergangen wäre, würde es wahrscheinlich gar nicht erst dazu bereit gewesen sein. Dieses Erlebnis ist der einzige Fall einer vollständig durchgeführten Nummer im vollbesetzten Abteil für mich bisher, wenn nicht vielleicht gar überhaupt auf dieser Strecke geblieben, ohne öffentliches Ärgernis zu erregen. Ein Zeichen, dass mit Wagemut und Geschick, und Temperament natürlich vorausgesetzt, vieles, wenn nicht alles gar zu erreichen ist. Die Gefühle sind mir noch im Gedächtnis geblieben, von den Gesichtszügen des Mädels dagegen zu kurze und flüchtige Eindrücke nur, um es einmal wiederzuerkennen, wenn ich danach manchmal noch die Strecke aus jener Zeit fuhr. Aber die Verhältnisse wandelten sich ja auch mit der Zeit und hätten später nicht mehr die Voraussetzungen erfüllt, wie damals, wo noch alles im Argen, um nicht zu sagen, im Arschen lag.

Zur schönen Einkehr

Eine erotische Premiere

Schön gelegen, mit herrlicher Terrasse am Berghang, die weite Aussicht bot auf Stadt, Wälder und Ferne, trug die Gaststätte »Zur schönen Einkehr« mit Recht ihren Namen.

Dazu war sie Animierkneipe!

Romantik der Lage verband sich mit der Romantik der Liebe.

An einem schönen, warmen Frühlingstag stieg in stiller Vormittagsstunde ein junger Mann, der glücklich den zurückliegenden Krieg überstanden hatte und voll des Lebensdranges war, den von der Waldpromenade abzweigenden steilen Zugangsweg zu diesem Haus hinauf, die Brust geschwellt von Erwartung, wenn auch nur mit schmaler Börse in der Tasche. Erotisches Erlebnisgelüst trieb ihn. Als er die breite Terrasse vorm Haus betrat, sah er an einem Tischchen am Geländer ein üppiges Weib mit einem Gast sitzen, das unverkennbar die Kellnerin dieser Gaststätte war.

»Pech gehabt!«, sagte er sich. Seine Hoffnung, der Einzige zu dieser Stunde und damit völlig ungestört zu sein, hatte sich nicht erfüllt. Enttäuscht hätte er am liebsten kehrtgemacht und seinen Besuch auf ein andermal verlegt, wäre er nicht bereits entdeckt gewesen von dem Weib, ohne dass es aber Notiz von ihm nahm. So trat er in das Haus und in die leere Gaststube und sah durchs Fenster die zwei draußen am Tisch ruhig ihre Plauderei fortsetzen. Da konnte er ja warten mit seinem Steifen in der Hose, den er schon mitgebracht hatte über seiner Absicht dieses Besuches und seines Zweckes. Im gleichen Augenblick ging aber die Tür auf und ein anderes Mädel, ansehnlich von Figur und hübsch und freundlich von Gesicht, fragte nach seinem Begehr.

»Mein Wunsch wäre eigentlich ein Fläschchen Wein, Fräulein, aber ich sehe, die Bedienung draußen hat scheinbar keine Zeit für mich.«

»Meine Kollegin tritt erst Mittag den Dienst an«, entschuldigte sich diese. »Zwar bin ich schon reisefertig, aber ein Gläschen Wein trinke ich gern mit, wenn Ihnen daran gelegen ist.«

»Sie gefallen mir schon!«, erwiderte er animiert. Alle Enttäuschung war im Augenblick verflogen. Sie nannte ihm die Preise. Er wählte.

»Gehen Sie bitte nebenan, ich komme gleich.«

Zum ersten Mal in seinem Leben betrat er das separate Weinzimmer einer solchen Kneipe. In vollem Strahl schien die erste warme Frühlingssonne durch die niederen Fenster, durch die das Pärchen im Garten als anregendes Idyll wiederum grüßte, sodass er meinte, es müsse ihn so gut sehen, überlegte im Augenblick aber nicht, dass das Zimmer höher lag als draußen der Garten und so die Übersicht über diesen begünstigte, während umgekehrt bei aller Tiefe der Fenster die Verhältnisse anders lagen. »Plaudert ihr ruhig draußen verliebt!«, triumphierte er still. »Wir tauschen nicht mit euch!« Und er griff sich an die Hose, wo knochenhart die Erwartung stand.

Das Mädel kam und brachte den Wein und die Gläser, riegelte im Hereintreten gleich ab und fragte ihn ebenso naiv wie raffiniert, ob er die andere Tür schon abgesperrt habe. Er nahm es als Aufforderung und drehte den Schlüssel nun seinerseits herum.

Das Mädel schenkte ein. Der Wein duftete. Sie setzten sich auf das Sofa hinter den Tisch, und er legte den Arm um den Hals des Weibes und küsste es. Ein Blick nach dem Fenster verriet nichts von den zweien draußen. So waren sie ungestört. Nein, da klopfte es, kaum dass sie den ersten Schluck getrunken und klingend angestoßen hatten.

»Fräulein, ein Brief für Sie!«, rief eine Frauenstimme.

Die Kellnerin erhob sich und entriegelte die Tür. »Aber Frau Chefin, wenn wir nun schon ...!«, protestierte sie vielsagend leise entrüstet. »Sie sind ja gut, uns zu stören!«

»Wären Sie dabei gewesen, Fräulein«, lachte unbeirrt die Wirtin, »dann hätten Sie ganz einfach nicht aufgemacht.«

Das Mädel schlug ihr vor der Nase die Tür wieder zu, knallend flog der Riegel vor, und es kam zum Sofa, den Rock fesch gelüftet bis übers Knie. »So sind aber die alten Puffmütter, können sie etwas erhaschen vom Liebesidyll, tun sie's schon gern. Ich huste ihnen aber was und schließe grundsätzlich ab. – Prost, junges Herrchen!«, schwang die Kellnerin das Glas und ein Bein keck über das andere.

»Prost, Fräulein!« Die Kelche klangen aneinander wie vorhin.

»Ich seh dich zum ersten Mal da!«, hing das Weib an des Jünglings Hals.

»Das glaub ich!«, lachte er. »Ich hab noch keinmal solch Kneipe betreten, viel weniger schon einmal ge...!« Hier stockte seine Stimme in jähem Erröten.

»... gefickt, willst du sagen. Erzähle das mir!«, schüttelte sie ungläubig den schönen braungelockten Kopf und lachte ihn aus.

»Wenn ich Ihnen sage!«, sah er sie treuherzig an und lange sie ihn und stutzte jetzt wirklich.

»Im Krieg gewesen?«

Er nickte.

»Na, Mensch! Die Französinnen! Hat's keine verstanden mit dir? Kam dir nicht mal die Lust?«

»Ach, die Lust schon, aber wenn man immer vorne war am Feind!«

»Verstehe, also keine Gelegenheit!«

»Das war's, Fräulein!« Beinahe verlegen gestand er's und legte ihr die Hand auf das runde, volle Knie im glatten Strumpf.

»Das saubere Bürschchen sah ich dir an«, gab sie zu, »aber dies hätte ich kaum für möglich gehalten, weil ich das noch nicht erlebt habe, solange ich im Beruf bin. – Greif nur mal drunter!«, schob sie ihm die Hand unter ihr Kleid in unbeschreiblichem Verlangen. »Fühlst du Nacktes? Ist das nicht schön?« Beinahe gerührt sah sie sein verklärtes Lächeln und fühlte glückselig Bewegung in seinen Fingern in ihrer Wäsche. »Dich möchte ich in die Schule nehmen! Schade, dass es mein letzter Tag hier ist!« Eine Welle erregten Blutes schoss ihr ins Gesicht und sie knutschte ihn toll. »Auf einen solchen Gast war ich schon lange ganz scharf! – Zeig mal, du, ich will uns nicht lange quälen.« Sie griff nach seiner Hose, knöpfte die Leiste auf und brachte mit Mühe ein Monstrum von steifer Keule zum Vorschein, dass ihr ein Lustschrei instinktiv entfuhr. Sie bewegte die Vorhaut und sah ein wasserklares Tröpfchen auf der Eichel zum Vorschein kommen. Sprachlos sah sie der Knabe ob ihrer Kühnheit bei ihrer Jugend an fiebernden Auges und glühender Wange, bewundernd und erstaunt. »Wart, ich zieh meine Hose aus!«, sprang sie wie elektrisiert auf, »und setz mich auf die Sofalehne, da lässt sich's am schönsten ficken.« Sie raffte das Kleid und zeigte dem verblüfften reinen Knaben ein Paar Schenkel gar prächtig und mächtig, nackt über dem Strumpf. Sein erstes Weib, das fühlte sie am Blick, geadelt zur Göttin. Die stärkste Huldigung kennt keine Worte. Stumm stand ihr Verehrer und hatte die Hände vor der Brust still und ehrfürchtig gefaltet, als betete er sie an in ihren enthüllten schönen Gliedern und prallen Rundungen.

»Eigentlich wollte ich nicht noch einmal vögeln, nachdem ich mich für die Reise schon ganz frisch gemacht hatte von Kopf bis zu Fuß!«, sagte sie mit vibrierender Stimme vor Erregung wie eine Geliebte und lächelte ihn raffiniert verschämt an, gemischt mit feinem Seifenduft und Kölnischwasser, dass er angenehm berührt war von solcher über Erwarten großen Sauberkeit. »Nun habe ich mich halt für dich so besonders frisch gemacht, als ob ich's geahnt hätte, was für ein junger Gott mich noch in letzter Stunde besuchte!«

Er nickte und freute sich und sah sie sehr gelenkig auf die Sofalehne schwingen, die Beine riesig breit, einen Fuß auf die Tischkante gestützt, den andern frei schwebend in der Luft, sehnig und sanft muskulös, den Körper zurückgelehnt und auf die Hände gestützt, im tiefen Kleidausschnitt die Brüste sichtbar schön und groß.

Immer hatte er geglaubt, wenn er von diesen Kneipen geträumt oder hatte erzählen hören, dass die Mädels allenfalls die zusammengeklemmten Schenkel ihren Besuchern für die Aufnahme ihrer Schwänze zur Verfügung stellten, nie und nimmer aber den Schlitz am Bauch, das eigentliche Geschlecht, einen so hohen Begriff hatte er davon! Er sah etwas Heiliges darin und bekam das große Wunder nun zum ersten Mal hier in Wirklichkeit zu Gesicht. So sah es also aus, und seine Hand streichelte versunken das blonde Vlies, wobei er sich scheu umblickte und dabei die zwei draußen im Garten am Tisch wieder entdeckte.

»Sehen die uns nicht, Fräulein?«, fuhr er ordentlich erschreckt zusammen und wurde feuerrot.

»I wo, Kerlchen«, erwiderte die Kellnerin unbesorgt, »wohl wir sie. Da müssten sie schon auf den Haussockel treten unmittelbar vorm Fenster.«

»Soll ich nicht doch lieber den Vorhang zuziehen, Fräulein?«, bangte er maßlos vor der Preisgabe der heiligen Handlung.

»Da machen wir uns ja erst auffällig, Herr!«, versicherte die Kellnerin, beinahe schon ungeduldig in brennender Begierde nach der Erstvermittlung des großen, süßen Eindruckes an diesen vor ihr aufgepflanzten stattlichen Schwanz. »Dass er so groß ist!«, zitterte ihre Stimme verwundert. »Wo du noch keinmal ...! Sicher hast du fleißig gewichst! – – – – Darum brauchst du nicht zu erröten, Hübscher. Hier kannst du offen sprechen. Er gefällt mir so. Komm, steck ihn mir rein ...!«

»Fräulein ...!!!!«, wimmerte er vor wahnsinniger Lust, als könnte er's noch immer nicht glauben – diese Gnade, dieses Göttergeschenk! Und da setzte er an und glitt, geschickt geführt, in die Tiefe dieses schimmernden Leibes. Seliges Stöhnen löste seine Kolbenbewegung aus. Das Mädel hatte die Augen geschlossen und die Beine um ihn gelegt. Es war ganz dabei, wie es umgekehrt Hingabe und junge Kraft empfand und ausgezeichnet war von der hohen Auffassung, der es kaum noch einmal so begegnen würde. Hier stand der Genuss über dem Geschäft. Hier war sie Geliebte eines Knaben, den sie zum Ritter schlug. Kundig arbeitete ihr Leib mit im Spiel der Geschlechter. Es war wie eine Verflechtung der Herzen und Seelen dabei. Und da strömten die Säfte mit einer Kraft, die sie förmlich betäubten, kurz nachdem die ihren sich gelöst hatten. Wann kam das mal vor, dass sie entladend voranging! Wie eine aufzüngelnde Flamme schlug der Jüngling in ihren Armen und Schenkeln. Blitze durchfuhren die Körper und verschmolzen sie zu einem einzigen Ganzen. Ihr Stöhnen klang ineinander, wie sich ihre Säfte vermischten, indes draußen die Vögel schmetternd sangen und die Sonne kräftig schien. Frühling hier wie dort!

Nach Minuten trennten sich die Leiber in dankbarem Schweigen vor dem empfundenen Erlebnis. Das Mädel griff taktvoll zu dem empfangenen Brief, dem jugendlichen Mann seine Nachfeier zu lassen. Seine Lippen nippten am Kelch. Der Wein war schal. Alles verblasste vor dem Genossenen, das sich traumhaft verklärte.

»Noch einmal?«, versuchte er die Götter und das Mädel, und das ganze Glück seines Herzens schwang in den zwei Worten, dass die Kellnerin davon bezwungen war.

»Ich bin dabei!«, sagte sie frisch und schwang sich erfreut noch einmal auf das Polster. Unvermindert stand seine Kraft vor ihr und lohte ihr eigenes Begehr. »O du«, lallte sie, als der feurige Kolben in sie fuhr, und sie hob ihm die Brust aus dem Blüschen entgegen: »Da, nimm auch noch, Junge!« Ihre Zähne schimmerten leidenschaftstrunken zwischen den halbgeöffneten Lippen. Und wie eine wildbewegte Woge war ihr schlanker, elastischer, feiernder Körper unter dem Zepter des jungen kühnen Gottes. Kräfte und Lüste maßen sich in diesem Stöhnen voll Seligkeit bis zum Aufruf der letzten, köstlichen Tiefen. Eruptiv schleuderten sie ihre Liebeslavamassen und deckten einander damit zu bis zum minutenlangen Rausch ...

–––––––––––––––––––––––––––––

»Ich danke Ihnen, Fräulein!«, kam es im Erwachen von des Jünglings Lippen in einem glücklichen Seufzer, worauf die Kellnerin nichts zu sagen wusste.

»Das ist mir noch nicht passiert!«, dachte sie nur und drückte die dargebotene Hand fest und lange.

»Ich glaube, Sie würden ein drittes Mal antreten!«, zweifelte sie nicht, wenn sie es auch scherzend sagte, um über den gewonnenen nachhaltigen Eindruck von beinahe feierlichem Ernst hinwegzuhelfen. Das Geständnis zu tiefen Gefühlen an solcher Stätte lief Gefahr, peinlich zu berühren.

Seine schmale Börse und anständige Gesinnung legten dem jungen Menschen Hemmung auf, den Bogen zu überspannen. Sein Trinkgeld hatte er für einmal bemessen. Das zweite Mal war ihm ohnehin geschenkt, eine Selbstverständlichkeit für das Mädchen, die es mit Glück erfüllte im Bewusstsein bewahrter und anerkannter Begriffe. Ein Funken Liebe hatte hier mitgeschwungen! Das zeichnete das Erlebnis und den Abschied der beiden Menschen voneinander aus. Sie küssten sich noch einmal herzinniglich im Empfinden des Unvergesslichen, und die Kellnerin sagte im Geleit zur Tür: »Das darf ich meiner Kollegin nicht erzählen, da wird sie futterneidisch!« Stolz lächelte sie dazu und schaute wie eine Verliebte drein. Ein schöner Eindruck für den Scheidenden an der Schwelle seines Lebens.

Kleine Schnecke am Weg ...

Ein erotischer Leckerbissen

Eine Reihe von Gelehrten saß beim Stammtisch beisammen, und es kam dabei auf die Perversität der Kinder zu sprechen. Keiner war sich im Zweifel, dass man sie bei frühen Jahrgängen schon hatte.

»Komme ich da einmal die Straße vom Hüttenhammer zur Stadt entlang«, erzählte der Literat, »als ich von weitem in einem erhöht liegenden kleinen Vorgarten an der Giebelfront eines einzelstehenden Hauses ein Schulmädel auf einer Bank unterm Fenster in sonderbarer Stellung entdeckte. Je näher ich komme, umso überraschter stelle ich fest, dass die Kleine ihr linkes Bein weit gespreizt mit dem Fußknöchel auf das Knie des anderen gelegt hat und sich mit der linken Hand hinter dem bandschmalen Höschensteg zu schaffen macht, während ihr rechter Arm auf der Rücklehne der Bank langgestreckt liegt. Ihr Blick geht verloren der Straße entlang, auf der munterer Verkehr herrscht, mehr Motorfahrzeuge und Räder allerdings als Passanten. Unverhohlen muss sie meine Aufmerksamkeit auf ihr reizvolles Spiel fühlen, wie wahrscheinlich schon vor mir manchen interessierten Blick von Männern und womöglich auch still entrüsteten von Frauen, die

sie aber wohl geflissentlich übersah zugunsten der anderen, deren Reflexion sie offenbar pervers reizte. Mir stand mein Glied in der Hose bei dem Anblick des lüsternen Kindes, meine Herren, ich leugne es nicht. Es war mein erstes Abenteuer bei dem Spaziergang an diesem Tag – reichlich spät, denn ich befand mich bereits wieder auf dem Heimweg und kurz vor der Stadt. Sie alle sind ja ortskundig und können sich vielleicht auch das Haus vorstellen, das ich meine, in dem früher übrigens ein Schulkamerad von mir aus dem zweiten, dritten Schuljahr gewohnt hat, dessen Mutter bei meinen Eltern wusch und deren Mann ein Trinker war. Das nur nebenbei. Beim Näherkommen befürchtete ich, das elf-, zwölfjährige Mädelchen, ein hübsches Dingelchen, sage ich Ihnen, mit ganz anständigen runden, völlig nackten Gliedern in braunen Schühchen und kontrastreichen blauen Schlüpferchen zum elfenbeinweißen Teint des geschwellten Fleisches, würde schamhaft seinen Sitz ändern und mir den verlockenden Anblick damit nehmen, sodass ich, befangen und raffiniert zugleich, mein Interesse zu verstecken suchte, um mir den Genuss des schamlosen Anblickes so lang als möglich zu erhalten. Aber wie hatte ich mich geirrt! Die kleine Kokette ließ mich herankommen bis an das Postament des Gartens, ohne dass sie sich beirren ließ. Ich blieb stehen und lugte durch die Zaunlatten und begann ein Gespräch mit dem Kind, dessen Hand im Spiel jetzt wohl stillehielt, dafür aber instinktiv oder bewusst den Höschensteg zur Seite drängte und mir seine kleine, unbehaarte, doch schon saftig geschwellte Schnecke vollständig präsentierte.

»Schön guten Tag, hübsches Kind, du gefällst mir!«, schmuste ich.

»Dafür kann ich mir nichts kaufen!«, erwiderte die kleine freche Range und warf ein paar kecke Augen und zeigte ein süßes Güschchen. »Wollen Sie zu meiner Schwester oder meiner Mutter, Herr?«, fragte die Göre da unvermittelt, und ich witterte etwas, das sich da auch schon aus dem Munde des Schulmädels bestätigte: »Die sind nicht da, aber ich mache es auch, wenn Sie wollen und sich beeilen, ehe sie zurückkommen.«

»Du machst es auch?!«, lächelte ich erstaunt. »Aber deine Schnecke ist noch recht klein, wie ich sehe, wenn auch sehr niedlich und allerliebst süß, dass ich schon Lust hätte, sie ein wenig zu reizen!«

»Na ja, ich meine doch, wenn Sie ein bisschen spielen wollten für zwei Mark. Meine Schwester nimmt fünf und was die Mutter, das weiß ich nicht.«

»Gut, mein Kind«, war ich verführt. »Kann ich gleich kommen?«

Die kleine Dirne nickte heftig, stieg ins Fenster, und während ich ums Haus herumging, erwartete sie mich in der offenen Tür. Sie führte mich in eine bescheidene Stube, in der aber immerhin ein Chaiselongue mit ein paar billigen Kissen und schäbigem Bezug stand.

»Darauf macht's meine Schwester immer«, kicherte sie.

»Lässt sie dich da zuschauen?«, wunderte ich mich.

»Wenn ich draußen auf der Bank sitze, muss ich's ja sehen, ohne dass sie mich sieht!«, verriet die kleine hübsche Hexe mit den runden roten Wangen, und ich trat ans Fenster und überblickte jetzt den kleinen Vorgarten, in dem ich das Kind entdeckt hatte.

»Wie wollen Sie's?«, lief die Kleine ein wenig verlegen an, aber entschlossen und drängend zur Tat. »Ich meine, nicht ficken, was richtig ficken heißt!«, fürchtete sie.

»Nein, nein!«, beruhigte ich sie. »Lehne dich über den Tisch und hebe dein Röckchen. Zwischen deinen dicken Schulmädelbeinen spielt es sich ganz gut ab. Aber ziehe den Schlüpfer besser aus.«

Artig kam sie dem nach, und ich weidete zuvor mein Auge lustvoll an dem nackten runden Ärschchen, ließ die Kleine ihre Beine zusammennehmen und schob jetzt meine Keule zwischen die rosigen Fleischballen des jungen Spanferkels. Herrlich, sage ich Ihnen, meine Herren. Die Kleine kicherte und sah sich grinsend nach mir um, die Zöpfe ihres krausen Haares nach vorne über die Schultern genommen.«

»Wir hätten abriegeln sollen!«, kam dem Kind der Einfall.

»Da dran hättest du eher denken müssen!«, ließ ich mich im genussvollen Schieben zwischen den geschwellten Mädchenkeulen nicht unterbrechen und lag bald mit dem freigemachten Schoß warm und weich auf dem feisten Ärschchen der niedlichen Dirne.

»Kommt wer, dann gehen Sie gleich durchs Fenster, und draußen im Zaun ist eine kleine Tür und Treppe zur Straße. Dann merkt es keiner!«, wies vorsichtig die kleine Raffinierte mich an.

Ich hatte zitternd ihren jungen nackten, fülligen Leib unterm Kleidchen zu meinen Stößen umschlungen und die Fingerspitzen am Kitzler ihres Spältchens vereint, dass sie selber auf den Geschmack kam und zunehmend luststöhnte. Sie hieß mich, mein Taschentuch vorhalten, wenn's käme. Und es dauerte denn auch nicht lange, da kamen ein paar Brecher, die auch das stärkste Weib in helle Ekstase und Verzückung versetzt haben würden. Gewissenhaft fing sie das Kind mit festem Griff auf trotz eigener Entladung, die ein paar Mal seinen Leib schüttelte …

»So ist's doch besser als selber spielen!«, bemerkte ich zu ihm, als es feuerrot vor mir stand und sein Geld entgegennahm. Ich gab ihm eine Mark mehr als gefordert, es hatte sie verdient.

»Das will ich meinen!«, schämte es sich, war aber sehr glücklich und strahlte. Es zog seinen knappen Schlüpfer an und sagte: »Besser, Sie gehen!«

»Selbstredend, mein kleiner Schatz!«, nahm ich, dankbar für den ungewöhnlich perversen Genuss, die kleine Partnerin her und knutschte sie tüchtig ab, was sie sich auch geduldig eine Weile gefallen ließ. Es gefiel ihr offensichtlich, dieses raffinierte Zungenküssen, mit dem sie etwas zu ihren Künsten offenbar hinzugelernt hatte.

Froh aber war ich auch, als ich draußen war, der Gefahr mir wohl bewusst, in die ich mich begeben hatte. Vielleicht aber hatte dieses Gefahrenmoment den Verkehr mit der kleinen Hexe auch so süß empfinden und nie aus der Erinnerung schwinden lassen, trotz saftigerer Nummern mit saftigeren Frauen! Dies war sozusagen eine Delikatesse gewesen …«